魔王ですが起床したら城が消えていました。

みなかみしょう
Ill. 白味噌

もくじ

1話「魔王、クビになる」

前略
魔王軍の皆様。いかがお過ごしでしょうか。

私と致しましては、このような事態になってしまい混乱の極みにあります。

恐らく、配下の皆様も同じく混乱していることでしょう。

しかしながら、５００年の時を共に支えあった皆様ならば、この困難もきっと乗り越えられると信じております。

次に会う時まで、互いに壮健であることをお祈り申し上げます。

草々

と、そんなわけのわからない一文を思わずひねり出してしまうくらいに、私は混乱していた。

私の名前はバーツ、かれこれ５００年魔王をやっている。北の地に城を構え、そこで配下と共に暮らしているため、人間達は「北の魔王」と呼んでいるらしい。

その北の魔王が、パジャマ姿でクレーターの中心に立っているわけで……。

「うむ。これはわけがわからんな！　うむ!!」

周囲を確認して、私はそう断言する。

わけがわからない。

朝起きたら、パジャマ姿の自分以外、全《すべ》てが消えていた。

ベッドもだ。お気に入りの抱き枕も無い。

違和感に気づいて目覚めたら、クレーター状に抉《えぐ》れた大地の上で私は眠っていた。

それが説明できる全てだ。

景色を見る限り、城の周りで間違いない……。

周囲を見回すと、クレーターの遥《はる》か向こうには、一度も溶けたことが無いと言われる雪を頂いた壮麗な山々が見えた。

間違いない、人間の侵入を拒む、北の魔王山脈だ。まぁ、名前の通り、私が来てからそう名づけられたのだが。

つまり、ここは魔王城があった場所で間違いなく、私だけが取り残されているようだ。

周囲を観察した上で、私はそう結論した。

大変なことが起きているが、まだ慌てるような時間じゃない……。

私は魔王。できることは沢山ある。

例えば、魔力探知の能力で気配を探れる。

よし、皆がどこにいるか、探ることにしよう。

思考と同時に、探索の魔術を展開する。見るものが見れば、私の身体《からだ》から周囲に魔力が放たれたのが見えるはずだ。

私が使った探索の魔術は、周囲に魔力を放ち、目的とする対象にぶつかった反応を調べるものだ。範囲は魔王城周辺の大地全域。配下が一人でも周辺にいれば、確実にわかる。

魔力探知は私の得意技なので、ちょっと集中するだけで周囲数キロくらいの知り合いなら発見できるのだが、流石《さすが》にこれだけ範囲が広いと探索の魔術という手順を組み合わせなければならない。

「……なんということだ」

思わず声が出た。

探索の魔術は不発だった。反応は無しだ。

つまり、この周辺に私の知る者は皆無。

一体、何が起きたというのだろう。

うなだれる私の耳に、魔王城（跡地）の向こうの森から鳥のさえずりが響く。その長閑さが逆につらい……。

「どういうことだ……。どういうことだ、これは！」

やるせない感情を声に出して吐き出す。ついでに身体から吹き出た魔力が光条となって放出され、遠くの山がちょっと削れた。

「む、いかんな。自然を壊してしまった……」

私は感情的になると、凄《すさ》まじい威力で魔力を発射してしまうことがある。本気で怒鳴るなんて数百年ぶりで自分でもそのことを忘れていた。

「とにかく、落ち着いて状況確認だな。そもそも、私は大丈夫なのか？」

呟《つぶや》きながら、自問する。

これはかなりの異常事態だ。私を除く魔王軍の全てがどこかに消えた。尋常じゃない。

居城たる魔王城と配下のみならず、自分自身にも影響が出てはいまいか。

今一度、自分について確認してみよう。

本名はバーツ。魔王歴５００年。人間には北の魔王と呼ばれている。種族は不明……。うむ、記憶については問題なさそうだ。

自身の情報については間違っていない。根本的に意識を改変されている可能性など、考えたらきりがないが、過去の記憶や配下の魔族の名前などもちゃんと思い出せる。

続いて、能力の確認だ。こちらは先程の気配探索で実証済みだが、念のためにやっておく。

「火を……」

右手の平を上向きにして、目の前に出す。小さな火をイメージすると、手の平が一瞬だけ熱を持った。魔力が意志によって操られて、形となった際の熱だ。

程なくして、手の平の上に指先サイズの炎が生まれた。

先ほど叫んだ煽《あお》りで魔力が放出されて、山を削ってしまったことから考えても、私の持つ膨大な魔力は健在のようだ。

魔力も、その扱いに関しても、しっかりと思い出せる。

どうやら、最悪の事態は避けられているようだ。魔力さえあれば生きてはいける。

北の荒野にパジャマ姿で放り出された上、魔力まで失っていたら確実に死んでいた。

「残ったのはこれだけか……」

私はパジャマの特製ポケットからあるものを取り出した。

ポケットの中にあったのは、手の平より大きい漆黒の金属製のカード。

魔王の証と呼ばれる魔術具である。自分に忠誠を誓った魔族の状態を確認したり、連絡を取ったりできる素晴らしいものだ。

私はこれを完全に使いこなせていないのだが、それでも十分有用な品だ。

５００年前、先代魔王からこれを託され、私は魔王になった。私を魔王たらしめている魔術具と言っても過言ではない。

……なんか嫌な予感がするな。

不吉な気配を感じたので証を使ってみることにした。魔王の証は魔力を流し込むことで、連絡や状態把握などの各種機能が起動する。

「…………」

なんの反応もない。

魔王の証はただの金属製のカードになってしまった。

居城と配下が失われ、魔王の証も作動しない。

これらが意味することは一つだ。

「そうか、私はクビか……」

私は魔王の職を解かれたのだ。

◆　◆

心が落ち着くまでに少しの時間を必要とした。

気づけば昼になっていた。

太陽が空高く最高点に達した頃、呆然《ぼうぜん》としていた私は、ようやく動く気力を取り戻した。

すり鉢状に抉れた大地の中心で、パジャマ姿の（元）魔王が呆然と数時間立ち尽くす光景は、なかなかレアに違いなかったが、まあ、仕方ないだろう。

とにかく、私は色々と受け入れがたい事態を受け入れるしかないと結論した。

私は魔王ではなくなった。

城も街も配下も服も、全て失った。

残っているのは、パジャマと使えなくなった魔王の証。

幸いなのは、自身の能力には全く変化がないことだ。

魔術が使えるなら、なんとか生きていける。移動もできるし戦闘もできる、あまり気は進まないが、人間の街まで行って色々と調達することも可能だ。

……とはいえ人間から何か奪うのは最終手段としたい。人間相手には、できるだけ穏便にいきたいところだ。

500年前の戦いを知っている魔王としての方針は、人間と極力関わらないことだった。

あの戦いは本当に酷《ひど》かった。

500年前、魔王軍は勇者率いる人間の軍隊に敗北した。

完敗だった。

死に瀕した当時の魔王と私が会った時、数万いたはずの魔王軍は十人程度まで減っていた。

勇者達人間が、容赦なく、徹底的に、自身の損害も恐れずに魔王軍を蹴散らした結果だ。

本気になった人間は恐ろしい。加減というものを知らない。

その光景に、私は心底恐怖したものだ。

その後、証を受け継ぎ新たな魔王となった私は、配下と共に北の辺境に引きこもり、魔王軍を立て直すことにした。

それから500年間、私と魔王軍は戦争を起こすことなく、北の地でまったりと過ごしていた。

魔王軍を構成する魔族が絶滅寸前で、戦争どころではなかったというのが実情だが。

とはいえ、500年の引きこもりのおかげで魔王軍の規模も二千人まで回復した。

かつての規模には遠く及ばない上に人間は怖いので、このまま細々と生きていこう、そんなことを考えていた矢先の、この事態である。

「みんな、無事だろうか……」

青空を見上げ、消えてしまった配下達に思いを馳《は》せる。

500年間共に過ごした私の配下。家族と言ってもいい存在だ。

屋外に一人だと、北の大地の空気は寒すぎる。

状況的に、クビになった私の代わりに新しい魔王が現れている可能性が高い。

どういう経緯かわからないが、この世界に新しい魔王が現れたのだろう。そして、魔王城とその配下は世界のどこかに転移した。

魔王である私自身は新魔王の配下に収まらず、お役御免になったというわけだ。

「無茶な事を強いられていなければいいのだが……」

元配下の現状が心配だ。魔王を解雇されたのは仕方ない。だが、元配下と別れの言葉くらい交わしたい。

正直、望んで魔王になったわけではなかったが、こんな終わり方はあんまりだ。

私は魔王城の引っ越し先を探すことを当面の目標としよう。

生きていく上で目標は大事だ。

魔王城を見つけ、配下の無事を確認できたら、その後どうするかは、その時考える。

私は昔から割と行き当たりばったりなので、そんなもので良いだろう。

さて、目標が決まったならば、行動に移らねばならない。

現在の私はパジャマ姿だ。

旅立つには不適切な装備と言えるだろう。

どうにかして、旅支度を整える必要がある。

人間の里まで行って強引な手段を取ることもできるが、できればそれは回避したい。

他に取れそうな手段は、友人を頼るくらいだ。

ここでの問題は魔王になってから５００年も経過していることである。

５００年という時間は大抵の生物にとって莫大な時間だ。

私のかつての友人知人の殆《ほとん》どはこの世から去っているだろう。

中には寿命の長い種族の者もいるが、５００年間、同じ場所に居住し続ける者がどの程度いるだろうか。

魔王になって５００年、旧友と連絡をとらなくなって久しい……。

「……よし。フィンディのところに行ってみるか」

寿命が長い上に居住地を変える可能性の低い友人。

私が魔王になる瞬間まで共に旅をしてくれた、無二の親友と言ってもいいだろう。

彼女はとある事情を抱えていて、５００年くらいでは移動していない可能性が高い。

そして何より、フィンディの家の近くに転移魔術の魔術陣を置いてあるのだ。

転移魔術は、設置すれば、何度でも移動に使える便利な魔術だ。

それに、あの魔術陣を刻《きざ》んだのは私だから、稼動状態も調べることができる。

頭の中で転移魔術の陣を思い描く。すると、足元と頭上に青白く輝く複雑な文様が生まれた。

通常は複雑な手順を踏まなければ完成しない転移魔術だが、私くらいになると思い描くだけで発動できる。

伊達《だて》に魔王をやっていたわけではない。

術を発動した私の中に、かつて設置した魔術陣の位置が伝わってきた。残念ながら、反応は一つだけ。

幸い、フィンディの家の近くに設置した陣は無事だったようだ。あるいは、フィンディが保全してくれているのかもしれない。

自分の魔術の完成と、友人の存在の可能性に満足しながら、私は５００年を過ごした北の大地もといほぼクレーターに別れを告げる。

「大分残念な見た目にしてしまって申し訳ない。そして、世話になった」

別れの言葉と同時に、転移した。

2話「懐かしき友人」

私の友人であるフィンディについて説明しよう。

彼女は私の大切な友人であると同時に、この世界にとっても貴重な人材である。

フィンディは神世《かみよ》エルフと呼ばれる特殊な種族だ。

神世エルフとは、神々によって直接創造されたエルフのことである。彼らは神々の仕事を代行するために生み出された種族であるため、非常に強大な力を持つ存在だ。

この世界にも一定数存在するエルフという種族の始まりは、神世エルフが自らの使命を果たすために下位種族を生み出したことに端を発する。

自分達の仕事を手伝わせるために下位種族を創造できる、神のような力を持った種族、それが神世エルフなのだ。

多くの神世エルフは神々と共にこの世界を去り、今ではフィンディ一人を残すのみ。

つまり、フィンディは神話の時代から生きている、エルフの上位種族の最後の一人なのである。

彼女がこの世界に残る理由は、太古の時代に神々から与えられた使命を果たすためだ。

彼女に対して神々が与えた使命とは「戦いで荒れた大地を癒やすこと」だった。

私が魔王になる少し前、彼女は大陸西部にある『無明の砂漠』という地域を癒やすことを自らの仕事としていた。

無明の砂漠は非常に貧しく厳しい環境の寂しい場所だ。いくら神世エルフとはいえ、そう簡単に癒やせる土地ではない。

それ故に、今でも彼女がその場に留まっている可能性は高い。

そう考えて、私は500年ぶりの再会をするために転移魔術を唱えたわけだが……。


「信じられん……」

私の記憶では、岩と砂だけの土地の端っこにある、申し訳程度のオアシスの縁に作られた煉瓦《れんが》の家。それがフィンディの住処《すみか》だった。

それが今では、緑あふれる森林の中の、年季の入った石造りの住居になっていた。

蔦《つた》が絡んだ鬱蒼《うっそう》とした雰囲気の、魔女でも住んでそうな家だ。建物全体から魔力を感じるので、色々と工夫して建てられているのだろう。

家そのものは変わっているが、建物の各所に施された守り魔術は、見覚えのあるものだ。間違いない、フィンディはこの家に住んでいる。

「よし、行くか……」

500年ぶりに再会するとなると、かなり緊張するものである。下手をすると私のことを覚えていないかもしれない。色々と覚悟が必要だろう。

ドアの前で、余計なことをもんもんと考える。なかなか踏ん切りがつかない。

「よし、行くぞ……。行くぞ……」

「なんじゃ不審者か！　ワシの家に来るとはいい度胸じゃ！」

私が行動するよりも早く、ドアの方から開いてくれた。

怒りの声と共に現れたのは、私のよく知る友人だ。

背中まで伸びた青みがかった銀髪。エルフらしい尖《とが》った耳。冷たさすら感じる美しく整った造形の顔。だが、溢《あふ》れる怒りの感情がその印象を打ち消している。

そして何より、まだ子供と言ってもいい背丈こそが、彼女がフィンディであることを証明してくれた。

彼女は何か理由があるのか、生み出した神の趣味なのかわからないが、人間で言うと13歳くらいで成長が止められているのだ。

フィンディが言うには「こんな半端な年齢で創造された神世エルフはワシだけじゃ」とのことで、非常に例外的な存在らしい。

もうちょっと年齢を経た外見に成長できれば、神話レベルの美女エルフとして世界中で詩に詠《うた》われていただろう。彼女と出会った多くの人が「勿体《もったい》ない」と感想を漏らすのを聞いたものだ。……

その度にフィンディは怒っていたが。

今の彼女は若草色のワンピースに身を包んでいた。これといった装飾品をまとっていないことからして、リラックスした時間を過ごしていたのだろう。

５００年経っても相変わらずな友人は、怒りの目つきで私の方を睨《にら》んできた。

目が合った。

「…………」

「…………」

「……もしかして、バーツか？」

「うむ。久しぶりだな、フィンディ。変わらぬようで何……」

私が挨拶を終えるより早く、ドアを閉められた。

「ちょっと待て！　なんで閉める！　５００年ぶりの再会だぞ！」

「ワシの知っておるバーツは旧友との再会に星柄パジャマ姿で現れるような非常識な輩《やから》ではない！

なんぞ偽物か魔王軍に敵対する勢力の刺客じゃろう！」

しまった！　パジャマ姿が裏目に出たか！　いやしかし、服装に関しては不可抗力だ。仕方ない。

うむ。

あと、星柄パジャマは私の趣味なので、その点まで指摘されたのは遺憾の意を表したい。

門前払いとはいえ、私を認識できているようなので、彼女に忘れられていなかったのは良しとしよう。

　私の外見がずっと変わっていなかったのが功を奏した。そこそこの長身に灰髪。配下から、〝まあまあ整った容姿〞と言われる姿は、ずっと変わらない。

「刺客ではない。本人だ。どうやら魔王をクビになってしまったらしく、困り果てて訪ねてきた。助けてくれるととても嬉しい。というか、助けてください」

「………………」

　反応が返ってくるまでしばらく時間がかかった。家の中から何やら音がする。片付けの音だ。そういえば、彼女は整理整頓が苦手だった。

　しばらくして、ドアが開いた。半目のフィンディが隙間から覗《のぞ》いてくる。

「魔王をクビになったというのは、本当か？」

「状況的に考えるとそうなる。その辺りについても、色々と相談にのってくれると嬉しい」

　フィンディはもう一度私のことを上から下まで眺めた後で言った。

「わかった。とりあえず入るがいい」

◆　◆

　フィンディに案内されたのは、テーブルと椅子に調度品が少しだけのシンプルで整った部屋だった。細工の少ない木製家具で作り上げられた空間は、不思議と居心地の良い温かさに満ちている。

ここはきっと、応接間なのだろう。極力家具を置かないことで、部屋が散らかるのを防ぐコンセプトだ。奥の方に見えるドアの向こう、彼女の個人的な空間はもっと混沌《こんとん》としているはずだ。

出された紅茶とクッキーを口にしながら、私は漠然とそんなことを考えていた。ちなみに、未だにパジャマ姿のままである。フィンディは物を捨てられないタイプだから、500年前に置いていった（しばらく一緒に暮らしていたのだ）荷物が残っているはずだ。早く出して貰わなければ。

「……なるほどのう。起きたら城ごと魔王軍が消えていたとは。面妖《めんよう》なこともあるもんじゃ」

「流石に驚いた。恐らく、世界のどこかに新たな魔王が生まれたのではないかと思うのだが」

「お主は正式な手順で魔王になったわけではないからのう。この世界に神々が接触して、新たに魔王を生み出した際に異物として弾《はじ》き出された可能性はある」

「フィンディもそう思うか……」

この世界には、魔王が生まれるまでの流れというものがある。

はるか昔に去ってしまった神々の一柱が、時折この世界に気まぐれに接触する。

その神が見て、世界を循環する魔力のバランスに問題があると判断した場合、その問題点を集中させた存在として魔王を生み出す。

そして、魔王は世界の魔力バランスの歪《ゆが》みを一身に背負った存在として適当に暴れまわり、神が用意した勇者によって倒されるのだ。

こうして、世界の魔力バランスは保たれていくというわけだ。

これが、魔王と勇者の関係だ。全てフィンディからの情報である。世界の魔力バランスとやらを保つためにどうしてこんな面倒な手順を踏んでいるのかというと、神々は力が強すぎて、下手に直接触れると世界が崩壊しかねないためらしい。

尚《なお》、私は上記の魔王誕生のプロセスとはまったく関係なく、死にゆく先代から任命される形で魔王となった、イレギュラーな存在である。厳密に言うと魔王（存在）ではなく、魔王（称号）といったところだろうか。

「しかし、ふむ……。本当に魔王が生まれたなら大事じゃな。世界が混乱する」

「それに、勇者も現れる。神々もこの世界に近づく可能性が高い」

神々はこの世界に対してたまに訪れて魔王と勇者を生み出す以外、何もしない。

これを安定した世界と捉えるか、神に見捨てられた世界と捉えるかは人による。

「それで、バーツはどうするつもりなんじゃ？　パジャマ姿で放り出されて困っておるようじゃが、それだけではなかろう？」

「ああ。魔王城の皆の安否を確認したい。５００年共に過ごした家族みたいなものだからな」

私がそう言うと、フィンディは大きく頷《うなず》いた。

「なるほど。相変わらず情の深い奴じゃのう。それだけか？」

「皆が問題なく暮らしているなら、私は去る。そして、また旅にでも出るさ……」

心底呆《あき》れ果てた目で馬鹿にされた。

「阿呆《あほう》かお主」

「なんだと。私のどこが……」

「元魔王の癖に頭の中が平和すぎるところじゃ。正式な魔王なら人間に喧嘩《けんか》を吹っかけるに決まってるじゃろ。恐らく、お前の家族みたいな仲間が大体死ぬぞ。500年前の惨状を忘れたのか？」

「……忘れるわけがない」

500年前、人間と魔王軍の戦いの結果、魔王軍の主力たる魔族はほぼ絶滅していた。私は死体の山が累々と積み上げられた荒野で、瀕死の魔王から、生き残りを託された。

あまりにも凄惨《せいさん》な状況だったので、断ることができなかったのだ。我ながらお人好しだとは思うが。

「魔族といえど、その存在全てが人間の害となるわけではない。それに、この500年は人間と接触せずに上手《うま》くやってこれたのだから……」

「お主の頑張りは認めるが、それはなんの解決にもならん。魔王は魔族に命令する能力がある。もし、魔王が全力で戦争を吹っかけたら今度こそ魔族は終わりじゃな」

「……ならば、どうにかして魔王を止める。勇者が現れる限り、魔王に勝ち目はない」

魔王は勇者に勝てない。それは神が決めた摂理だ。この世界の歴史上、数百の魔王が生まれてきたが、一度たりとも勝った記録はない。

魔王が討伐されるのは仕方ないが、それに巻き込まれる魔族が気の毒だ。彼らは人間と同じく、この世界で生まれた種族だというのに。

「魔王を止める具体的な手段はあるのかのう？」

「実力でなんとか……」

「意外と考えなしじゃのう」

「すまん」

私の謝罪の後、部屋に少しの沈黙が訪れた。

しばらくして、フィンディが「やれやれ」とため息をついた後、苦笑しながら言った。

「仕方なかろう。バーツにしても突然のことじゃしな。それに、タイミングとしてはちょうど良い」

「どういうことだ？」

私の疑問に対して、フィンディがニヤリと笑った。流石は神世エルフ、何か考えがあるらしい。

「人の世界に、大きな変化が起きておる。これまでにない大きな変化じゃ」

「変化？　人間は寿命が短いから５００年もあればそれなりに変わるだろう？」

人間は少し世代を重ねるだけで別物のような文化を生み出すことがある、最も変化に富んだ種族だ。それを見続けてきたフィンディが言うほどのことが起きているということか。

「特に変わったのはここ20年じゃ。魔術を利用した新たな技術を生み出し、驚くほど人口を増やしておる」

「興味深い。少し詳しく教えてくれないか」

悠久の時を生きる神世エルフが言い切るのだから相当だ。私の知らぬ間に一体何が起きたというのだろう。しかし、フィンディの返事は残念なものだった。

「……実はワシも触りしか知らん。東のグランク王国で次々と新たな技術が生まれた結果、人々の生活が様変わりしているそうなんじゃ」

「詳しくは知らないのか……」

私の落胆に対して、怒ることもなく彼女は説明を続ける。

「お主と同じくワシもここを動いておらんからのう。治安が良くなり、街道が整備され、移動しやすくなっておるようじゃ。その証拠にワシを訪ねるエルフが増えた」

「なるほど。情報源はここに来たエルフか。彼らはなんと言っていた？」

「不安を覚えておった。グランク王国は驚くほど短い時間で人間の数を増やしている。このままでは、エルフの居場所はなくなってしまうのではないか、とな」

「元々、エルフやドワーフと比べれば人間は繁殖力が高かったが……」

エルフやドワーフ、その他の種族の中でも人間は寿命が短い。それと引き換えにするかのように繁殖力が高いのだが、他種族を脅かす程の人口増加は聞いたことが無い。

「確かに人間の数は多いが、他の種族を排斥するほどではなかったからのう。人は平地に、エルフは森に、ドワーフは山にと、住み分けることができておった。しかし、山も森も人間の世界になるのではないかという勢いのようじゃ」

「それほどなのか。信じられん……」

人間という種族は特別秀でたところがあるわけではないが、時々想像もつかないことをやってのける。５００年前、圧倒的に能力差のあるはずの魔族を絶滅寸前にしたのがそのいい例だ。

わかっているつもりだったが、驚きだ。この話は本当なのだろうか？

私の気持ちを察したのか、フィンディが頷きながら答える。

「ワシも同じ気持ちじゃ。それ故に、この目で確かめたいと思っておった。時代の変わり目ならば、見届けねばならん」

「そんな時期に、私がやってきたわけか」

「そうじゃ。人の世界に変化が起きて、新たな魔王の誕生が予見された。ワシが面倒を見た森も育ちきった。再びお主と旅立つ時が来たのじゃろう」

「私の旅に付き合ってくれるのか？　有り難いが、恐らく危険だぞ」

魔王城探索の旅は街道を行くわけではない、未知の危険に遭遇する可能性は非常に高い。

「今更何を言う。ワシとお主の仲じゃろう」

フィンディは少しの逡巡《しゅんじゅん》もなく、それが当然だというように、自信満々の笑顔で返事をしてくれた。儚《はかな》く見える外見に反した、快活で魅力的な笑みだ。

「ありがとう。とても助かる……」

「気にするでない。今言った通り、旅に出なければならぬのは前から決めておったことじゃ」

「そうか。だが、この礼は必ずする」

「覚えておくのじゃ。……さて、そうは言ったものの、すぐに旅立つのは難しい。この500年でワシも立場というものができてしまったのでな」

「急ぐわけでもないし、準備は大事だ。それと、私の昔の荷物が残っているか確認したいのだが……」

そう言って、私は自分の服装を見つめなおす。

星柄パジャマ。その他に持つのは使えなくなった魔王の証。殆ど丸裸と変わらない。

流石にこれでは旅立つどころではない。

困った様子の私を見て、再び苦笑しながら、フィンディは言った。

「そうじゃな。まあ、色々と支度をしながら、今後のことを話すとしよう」

そう言う彼女の声は、少し弾んでいた。そこでようやく私は気づいた。

彼女にとっても、これは500年ぶりのお出かけなのだ。

3話「旅立ち（仮）」

「流石フィンディだな。５００年前の私の荷物をとっておくとは」

「それは片付けの苦手なワシに対しての皮肉じゃろう？」

「そんなことは無い。心から感心している」

「本当かのう？」

そんなことを話しながら、私とフィンディは家の外にある倉庫までやってきていた。

意図せず皮肉になってしまった言葉にも怒らず、楽しそうにフィンディは説明を続ける。

「安心せい。家を建て直す前の荷物は全部倉庫に移動してある、状態保存の魔術もかけてな。後は探すだけじゃ」

「なるほど。後は探すだけか。……やはり５００年程度では整理整頓は身につかなかったようだな」

倉庫はフィンディの家の隣に作られた大きな建物だ。自宅に近いサイズがある。５００年分の荷物が詰まっているとするなら、この程度で済んでいる、と言うべきかもしれない。片付けが苦手な

彼女なりに、整理したのだろう。

「まあ、中は散らかっとるんじゃがな……」

言いながらF字型の先端に丸が付いた古めかしい鍵を使って倉庫の扉が開かれた。

足を踏み入れると魔術で自動的に天井が明るくなり、内部が照らしだされる。

倉庫内は整然としているとは言いがたい状態だった。

棚に置かれた箱。箱から飛び出している杖か何か。棚に置けなくてその辺に転がされた調度類。

面倒だったのかろくに整頓されずに積み上げられた食器類。季節物の衣類と書かれた大量の箱は中身の詰め過ぎで蓋《ふた》が浮いている。

他にも観察すれば色々見えてきそうだが、私は優しいのでその辺りでやめておいた。

定期的に魔術で清掃でもしているのか(フィンディはなんでも魔術で済ませようとするのだ)、埃《ほこり》っぽくないのが幸いだろう。

「予想通りだ、問題ない」

「悪いか! これでも頑張ったんじゃぞ! お主が几帳面すぎるんじゃ!」

「そうでもないぞ。配下の魔族にもっと細かい者がいた」

内部に入り、棚の物を観察しながら私は答える。この中に、私の500年前の装備が眠っているはずだ。普通なら奥まった場所に保管されているのだろうが、フィンディの場合、その常識が通じないのが厄介だ。

「ほう、どんなやつじゃ？」

「サキュバスの魔族でな。私が少し散らかしただけで物凄《ものすご》く怒られたものだ。私以外もだがな」

少し離れた場所を物色しているフィンディに対して、魔王城での生活を懐かしみながら話す。すると、彼女はわざわざこちらに顔を出して返事をしてきた。

「お主の口からサキュバスという言葉が出ることが意外じゃ」

「結構尊敬されていたぞ」

サキュバスとは男性の夢の中に現れて精力（魔力）を吸い取る女性型の魔族だ。

美人で露出度が高く、淫蕩《いんとう》な性格をしており、男性にとってはたまらない存在だ。

また、サキュバスの一部は夢の中だけでなく直接行動に出ることもあるらしい、私は詳しく知らないが。

私は彼女達がサキュバスらしいことをする光景を見たことがないし、魔王城の中にいるサキュバスは礼儀正しくて、整理整頓にうるさい者が多かったので世間と大分違う印象を持っている。

「サキュバスから尊敬じゃと……。お主のどの辺にそんな要素があるんじゃ。根本的に相容《あいい》れない者同士じゃろう」

「それが良かったらしい」

フィンディが私とサキュバスの関係に驚くのにはちゃんと理由がある。

私は外見が男性だが、性器が無いのだ。

私には性別というものが存在しない。詳しいことは不明だが、どうやらそういう種族らしい。

外見は男性、しかし男性としての機能は備えていない。そのため性欲とも無縁だ。

それゆえ男性に淫靡《いんび》なことをすることが生業《なりわい》のサキュバスにとっては天敵とも言える存在になる。

「私が魔王になった日の夜、下剋上《げこくじょう》狙いでサキュバスの親玉が寝室に忍び込んできたんだが、私に繁殖するための器官がないことに気づいてな。心の底から絶望した顔で『どうしてエレクチオンがないのよー！』と絶叫して逃げ出したのだ」

「……ちょっと面白いのう。見たかったかもしれん」

懐かしい話だ。確かにちょっと面白い光景だった。

「うむ。そして、次の日から私の事を心の底から尊敬した様子で忠誠を誓ってくれた。どうやら天敵だと認識されたらしくてな」

「思ったより上手くやってたんじゃな、お主」

「まあな。それにしても、見つからないな……」

何やら感心しているフィンディを流し、私は探しものを続ける。こちらはずっとパジャマ姿なのだ。そろそろ着替えたい。

しかし、本当に整理整頓がされていない。ろくに分類すらされていないのは問題だ。

せめて置かれた時期でも判断できないかと手近にあった小さな箱を開けてみた。

中には小さな布が大量に入っていた。ハンカチか何かだろうか。それにしては薄手だ。色の種類も多い。

試しに一つ取り出して、広げてみると形は三角形で小さい穴が二つに大きい穴が一つ空いていた。

「む、なんだこれは。三角の布？」

「それはワシの下着じゃド阿呆！」

顔を真っ赤にしたフィンディに箱ごと取り上げられてしまった。

なるほど、彼女の下着入れだったのか。これは失礼なことをした。私の記憶にある下着と形が違ったのでわからなかったのだ、と心の中で一応、弁解しておく。口に出すと怒られるので言わないが。

「まったく、相変わらずデリカシーのない奴じゃ」

「すまない。」

「魔王城にも女の魔族はいたじゃろうに、成長が無いのう」

「確かにいたが、下着など気にしたこともなかった。サキュバスなど穿《は》いていなかったしな」

「そうか……」

諦めたようにフィンディはため息をついた。彼女は私に性欲がないことをよく知っているのだ。

この辺りは付き合いの長さの賜物《たまもの》だろう。城のサキュバスは色々なことで私の欲望を刺激しようと努力をしていた。全部無駄だったが。

「女性が下着を見られて恥ずかしいと思うのは理解している。そのうち埋め合わせをするよ」

「今すぐとは言わんのじゃな」

「今の私は全てを失っているからな……」

「まあ、うむ、そうじゃな。それにしては悲愴《ひそう》感が無いが……お、あったのじゃ！」

フィンディが荷物を見つけたらしい。なんと、入り口近くに置かれていた。日用品などが入っているだろうと予想して真っ先に候補から外したのだが、まさかそこから発掘されようとは。

彼女のところに行くと、既に箱を開けて中身を確認していた。私も横から覗き込んで見る。

黒の上下に灰色のローブというういかにもな魔術師系の服に、ベルトと腕輪などの装飾品がいくつか。簡素でこだわりを感じないデザインだが、どれも魔術で強化されている。

確かに500年前に私が使っていた装備だ。

これで星柄パジャマしかなかった状況からかなり前進した。旅立つことができる。

「懐かしいな、大事に保管してくれたおかげで、まだ使えそうだ」

「ちゃんと状態保存が効いておるな。当時のままじゃ」

箱の中身を確認しながら、私とフィンディはしばし過去を懐かしんだ。

◆　◆

服の方は問題なさそうだったので、すぐに身につけた。

フィンディのおかげで、私は星柄パジャマの怪しい男から、灰色のローブをまとった魔術師風の男へと変わることができた。

どの装備も魔術のおかげで劣化なし。フィンディのかけた状態保存の魔術はちょっと他とはレベルが違う。数千年くらいは大丈夫そうだ。

部屋に戻った私とフィンディは、本格的に旅の相談を始めることにした。


机の上に羊皮紙の地図を広げながら、フィンディが話を始める。

「さて、落ち着いたところで今後についての相談じゃ。何か要望はあるか？」

「500年間、人間と会わなかったのでこの大陸の状況がわからない。説明を頼めるか？」

「任せるが良い。さて、見ての通り、大陸の形は変わっておらん」

地図には長方形の陸地が描かれている。私達が暮らす大陸は相変わらず非常にシンプルな形をしている。その点は、昔と変わらない。

長方形の陸地の中央には、中央山地と呼ばれる山があり、そこから東西南北に山脈が走っている。

長方形を四つに区切ったような大陸だ。

まるで狙って作ったような地形だが実はその通り、古代に神々がそのように作ったためである。

ここは世界で最初に創造された、最も古い大陸なのだ。

フィンディが長方形の左上、大陸の北西部を示す。そこには『大森林の国カラルド』と書かれていた。それが今のこの地域の国名らしい。

そこからフィンディは指をまっすぐ右に、地図上の方角で言うと東に滑らせる。

「まずは、ワシらのいる大森林の国カラルドを東に行き、双子の国エリンとラエリンへ向かう。そのまま更に東に行って黎明《れいめい》の国ドーファンへ。そして、北方山脈を越えてグランク王国へ向かう。とりあえずの目的地はグランク王国じゃな」

一直線に東に指を動かして、フィンディの説明は終わった。

「確認するが、グランク王国を目指す理由は？」

「人間達の変化の中心がそこだからじゃ。この国の人口が爆発的に増えておる。人が多いなら、情報も集まりやすいじゃろう」

「なるほど。しかし、私の記憶だと南下して西方山脈を越えるルートでグランク王国を目指す方が楽だったと思うのだが。確かここから南は神殿が中心になって統治していたような……」

中央山地から延びる東西南北の山脈の特徴ははっきり分かれている。

北方山脈は最も険しく、通り抜けるのが難しい難所だ。他に比べると山の規模が大きく、私から見ても面倒な地域である。西方山脈と南方山脈は比較的緩やかで乗り越えやすい。東方山脈は少し険しいものの、人間の多い地域なので迂回《うかい》ルートが沢山ある。

フィンディの説明通りまっすぐ東に向かうと最も険しい北方山脈に突き当たる。直線距離ではグランク王国に最も近いルートだが、かなり厳しい道程になるだろう。

私の知っている常識では乗り越えやすい西方山脈を越えて南下し、神殿が統治する穏やかな国々がある大陸南側を東に進み、南方山脈を踏破。そのまま北上し、楽そうなルートで東方山脈を回避してグランク王国に辿り着くのが無難ということになっている。

質問しておいてなんだが、５００年前の知識など、役に立たない気がしてきた。

「この５００年で神殿は力を失っておる。その結果、西方山脈の向こうは小国が乱立して小競り合いの内乱状態じゃ。治安が悪くて面倒に巻き込まれる可能性が高い」

「そうか。魔王が倒され、神々もこの世界から去ったからか」

勇者は神々より魔王を倒すために遣わされる存在だ。

基本的にこの世界には干渉しない方針の神々だが、勇者を生み出した時だけは話は別だ。

神々はたびたび世界に干渉し、勇者が魔王を倒せるように誘導する。

その影響もあり、勇者が登場する前後は神殿の勢力が極端に強まり、神々から直接加護を受けた人間なども多く現れる。

そして、勇者が魔王を倒した後は、神々は再び世界から離れ、神殿は力を失っていくことになる。

世界のバランスを保つためとはいえ、神々の気まぐれで権力を得たり失ったりする神殿は大変だろう。

「まあ、神々からの加護を受けられない神官に国を統治するだけの能力はないということじゃな。他に質問はあるかの？」

「我々は空を飛ぶ魔術で高速移動できる。ここから直接グランク王国を目指しても良いのでは？」

飛行魔術は魔力消費が激しいのが一般的に問題とされるが、私とフィンディはその程度は消耗のうちに入らない。まっすぐ全力で向かえば、一週間程でグランク王国に到着するはずだ。

「最近の人間の国は、出入りする際に身分証に記録を残す必要がある。余計なトラブルを回避するためと、各所で情報を集めるために人間と同じように移動したいのじゃよ」

「なるほど。そういうことか」

それでも、国内の移動は魔法を使うつもりじゃ、とフィンディが付け加えた。

人間の国々を旅していくのだから、極力トラブルを回避したいという考えには大いに同意できる。それに、私の元配下達の情報を得る機会を少しでも増やすなら、色々な地域を通った方が良いだろう。

「北方山脈越えか。厳しい旅になりそうだな……」

「ああ、今は大丈夫じゃぞ。なんでも乗り物で簡単に越えられるらしい」

「ほう。それは興味深いな」

「情報を集めながらの旅になるので3ヶ月くらいの旅程かのう。その間に、魔王軍に動きがないか心配なんじゃが……」

魔王軍が動くなら好都合だ。元配下の状況を早く知りたいので、所在がはっきりするのはありがたい。

配下に会った時の行動はその時の状況次第だが、まあ、無理をするつもりはない。極論すれば、私は元配下と別れの言葉を交わせるだけでも良い。

「魔王軍に関しては問題ない。何か動きがあるなら好都合だ。うむ、フィンディの計画に文句はないな。ところで、国を渡る際に身分証が必要と言っていたが……」

５００年間まったく人間と交流のなかった元魔王には、身分証の持ち合わせなど無い。

私の懸念を想定していたらしいフィンディは、笑顔で頷きながら言う。

「それは大丈夫じゃ。ワシはこの国ではそれなりの地位にある。国王も生まれる前から知っておるくらいじゃ。お主の身分証くらい準備できるじゃろう」

「それは頼もしいな」

伊達に人間の国で５００年も暮らしていないということだ。本当に頼もしい。私の服も保管していてくれたし。そのうち礼をしなければなるまい。なるべく喜ぶ形で。

「ま、実はワシも身分証を持っておらんのじゃがな。何せ、この国から出ておらんからのう。ある意味、お主と同じじゃな」

それもそうか。彼女はずっとこの地にいたのだ。程度の差はあれど、私と似たようなものだ。

「私に比べれば世情にも詳しいので助かる。悪いが頼りにさせて貰う」

「存分にあてにするのじゃ。さ、今日のところは荷造りでもして、明日にでも王都に向かうとするのじゃ」

「異論はない。これから宜《よろ》しく頼む」

頭を下げる私に対して、フィンディは胸を張って答えた。

「気にするでない。ワシとお主の仲じゃ」

4話「大森林の王都」

大森林の国カラルドの王都オアシス。その名前は砂漠の中にあった時代の名残だ。

私の記憶にある街の姿は、広大な砂漠の中、唯一の水源に人々が寄り添う、決して豊かとは言えないものだった。

しかし500年ぶりのオアシスの街は、見違えるほどであった。

煉瓦造りの家ばかりで茶色かった街並みが、石造りの白い街へと変貌《へんぼう》していた。大都会と言う雰囲気ではないが、過去を知る私から見れば十分過ぎる発展具合だ。フィンディによると、昔に比べて人口は増えているが今でも田舎王国ではあるらしい。

街を訪れて一番驚いたのは、緑が豊かなことだ。

記憶の中では申し訳程度にしかなかった緑が、今では逆に街を飲み込みそうな勢いで増えている。建物や通りなど、いたるところを覆うように巨大な樹木が生えているのだ。

エルフの里と言っても通じそうな街。それが大森林の国カラルドの王都オアシスの姿だった。

なんと言うか、これはフィンディが見事に仕事を果たしたと言えるのではないだろうか。

隣を涼しい顔で歩いているが、流石は神世エルフだ。

そのフィンディだが、今日は旅用の服装をしている。濃い緑色のローブを羽織り、その下には濃い青のスカートとそれに近い色の上着という出で立ちだ。

一見地味だが、よく見るとどれも繊細な刺繍《ししゅう》が施された上で、強力な魔術を形成している神話の時代の一品である。また、長い髪も小さな宝玉付きの髪留めで、頭の後ろで纏《まと》めている。

彼女の装備はどれも非常に強力で、その価値も能力も計り知れない。

私の方は昨日見つけた昔の服を着ている。こちらもそれなりに良いものであるが、神世エルフの旅装束に比べると数段劣る。

ちなみに、私とフィンディはこれといった荷物を持っていない。ローブの中に特殊なポケットがあり、そこに道具の類《たぐい》は収納している。手ぶらだと色々な国を抜ける際に変に疑われそうなので、そのうちザックでも買った方がいいだろうか。

田舎王国とはいえ流石は王都。人通りはそれなりにある。

いかにも魔術師な私とフィンディの姿は身長差もあって目立つらしく、時折こちらを見て礼をしてくる者が見受けられた。フィンディに対しての敬意の表れだ。彼女がこの国でそれなりの立場にあるのは紛れも無い事実のようだ。

「神世エルフの力はすごいものだな。こればかりは誰にも真似できん」

街を見て、人を見て、そう感想を漏らす。

「大したことではない。もともと、この周辺が砂漠になる前はこのような姿だったのじゃぞ？　500年かけて再生しただけじゃ」

褒められたフィンディの方は表情一つ変えずに答えた。この辺りが砂漠になる前の姿など想像したこともなかったが、彼女的には今の姿が当然のようだ。正直、神世エルフの力でもなければ砂漠の再生など不可能だと思う。

「初耳だな。これが本来の姿なのか」

「大昔の魔王との戦いで森が砂漠になったのじゃよ。砂漠として生み出された大地なら、流石のワシにも癒やすことはできん」

「そうだったのか……」

お前にとっての大昔とはどれくらい過去だとは、あえて聞かない。こう見えて、フィンディは自分の年齢を気にしている節がある。長命なのを引き合いにして説教をすることがある割りには繊細なのだ。

「ところで、私は久しぶりに地位の高い人間と話すのだが、注意点などがあったら教えてくれると嬉しい」

昨日のうちにこの国について軽く聞いてあるが、こういう時は事前の心構えが大事だ。

「お主なら普通にしていれば大丈夫じゃろう。国王のリッティは穏やかな人物じゃ。ワシは生まれる前から知っておるし、今もたまに魔物退治などで相談を受ける間柄じゃ。関係は良好と言ってもいい」

「なるほど、魔物退治か。君のことが良くわかっているようだ」

「どういう意味じゃ？」

少女のような外見と神世エルフ特有の神秘を兼ね備えた彼女だが、外見に反して武闘派だ。なまじ強大な力を持っているため力で解決したがる傾向にある。

政治的な相談ではなく、魔物退治のことを話す辺り、リッティという人物は彼女のことを良くわかっていると言える。

「……なんでもない。滞り無く話が進みそうで安心しただけだ」

「含みがあるのが気になるのう……。まあ、歓迎はされるが、謁見の間には通されんじゃろうな。大臣のエティスの方がワシのことを警戒しておるでな」

「警戒だと？　フィンディに半殺しにでもされたか？」

国王とタメ口で話すフィンディに対して激怒する大臣。逆ギレしたフィンディが大暴れ、という流れが脳裏に浮かんだ。十分あり得る話だ。

「失礼な。ワシは滅多にそんなことはせん。大臣は数年前にグランク王国から来た人間でな。ワシのことも国のこともまだ詳しくないのじゃ。長いこと居座って地位も力も確保しているワシが、王になろうとしないか心配しとるんじゃろう」

「フィンディが王になるなど、世界が滅んでもあり得んだろう……」

そんな気があるなら今頃エルフを集めて一大王国でも築き上げているだろう。

彼女が得意なのは世界を癒やすことと暴れることだ。統率の能力は期待してはいけない。

「ワシも国など欲しくないが、そうは思わぬものがいるということじゃ。強大な力を持つ存在に不安を抱いてしまうのはおかしくないからのう」

「わかる話だ。では、注意するのは大臣で、国王は味方だと思って良いのだな？」

「うむ。ただ、今回は大臣が味方で、国王が敵になるかもしれぬな」

「？　どういうことだ？」

「簡単じゃ。ワシがこの国から出て行くと言えば大臣は大喜びじゃろう。じゃが、国王は相談相手を失うわけじゃからな」

なるほどそういうことか。この国にとって王の相談相手（魔物退治専門）を失うことは痛手だ。

しかし、大臣が無駄に気苦労を背負い込む心配がなくなるのは良いことかもしれない。

「国王が身分証の発行とやらを渋らなければ良いが……」

「ま、なんとかなるじゃろう。幸い、この国の状況は落ち着いていて、平和そのものじゃ」

その後、フィンディから、大臣は国王がグランク王国に留学している頃に知り合った女性で、大国の出世街道を蹴ってまでこの国にやってきたことなどを聞かされた。

◆

◆

王城の城門は一本の巨大な切り株を刳《く》り抜いて作られていた。なんでも、建国時にフィンディから贈られた樹木らしい。大森林から持ってきた巨木の切り株部分を城門に、残りは街や城を作る資材に使ったとのことだ。

建国に関わっているとは、フィンディの地位はそれなりどころではないだろう。彼女のことだから、てっきり極力人間と関わらずに砂漠の再生を行ったのかと思っていたが、意外な事実である。

フィンディがいるため顔パスで城門を通った私達が案内されたのは、謁見の間ではなく城の地下室だった。

狭い部屋だ。十人も入れば一杯だろう。

恐らく、魔術による盗聴などを防ぐために作られた特別な会議室だ。その証拠に壁や床にびっしりと魔術を禁止するための陣が刻まれている。人間には見えないレベルで隠蔽《いんぺい》された陣だが、私にはよくわかる。私は魔力に対して非常に敏感なのだ。

ここだと得意の魔術を封じられそうだが、私はちゃんと壊し方を知っている。魔術陣に限界以上の負荷をかければ部屋ごと爆散して解決だ。

スマートではないが、これは私の魔術の師匠が「パワーは全てを解決する」という主義だったから仕方ない。

ちなみに、その師匠の名前はフィンディと言う。

「王は私の存在を警戒しているのかもな」

「大臣もじゃろうな。ワシが誰かを伴ってくるなど、これまで無かったことじゃからな」

建国時から森にいる神世エルフが旅姿で見慣れない魔術師と一緒にやってきた。

それで、謁見の間ではなく秘密会議用の部屋を使うべきだと王は判断したのなら、なかなかの用心深さだ。

フィンディと共に用意されたお茶を飲みながら、しばらく待っていると、目的の人物がやってきた。

「お久しぶりです、森の大賢者フィンディ。お元気そうで何よりです」

そう挨拶したのはカラルド国王リッティだった。想像よりも大分若い。まだ30歳にもなっていないだろう。少し痩せた、金髪が特徴的な、知的で優しげな外見の人物だった。

王として豪華で偉そうな服に身を包んでいるが、それよりも学者姿の方が似合っていそうな男である。

「うむ。お主も元気そうで何よりじゃ」

「そちらの方はどちら様ですか？　身元の怪しい方をリッティ様と面会させるわけにはいかないのですが……」

そう言って私に厳しい眼差《まなざ》しを向けてきたのは大臣のエティス。肩の辺りで切りそろえた黒髪と、鋭い眼差しの茶色の瞳が特徴の女性だ。かなりの美女と言ってもいいだろう。その態度からリッティに対する忠誠心と性格のキツさが滲み出ている。

「こやつはバーツ。古い友人じゃ。５００年ぶりに山を降りてきて、ワシを訪ねてきた」

「バーツです。５００年前に魔王が現れて以来、山の中を逃げ隠れていました。そろそろ安全かと思い、フィンディのところに来た次第です」

一応敬語を使い、頭を下げて挨拶をする。久しぶりだが上手くいきそうだ。こういう時、丁寧な言葉遣いと態度が効果的なのを私は知っている。

リッティとエティスはそれぞれ名前を名乗り、丁寧な挨拶をしてくれた。エティスはともかく、リッティに緊張している様子はない。フィンディの友人という言葉を聞いて、安心してくれたようだ。

「５００年とは、また長生きな友人を連れてきたのですね」

「友人の中でも長命な一人じゃよ。それと、バーツもワシと同じ魔術師じゃ、この部屋の中なら危害は加えられんから安心するのじゃ」

「そもそも危害を加える気などありませんがね」

そう言うとエティスが安堵《あんど》の表情になった。この部屋で危害を加えられないという点は大嘘だが、あえて指摘しない。ここには旅立ちと身分証について話しに来たのだ。余計なことは言わない方が良いだろう。

リッティとエティスが席につくと、外に待機していた王達の護衛が扉を締めた。護衛達は中に残らない。部屋の中には私達四人だけだ。

私が危険ではないと判断されたことと、フィンディへの信頼の証だろう。

「それで、古いご友人と、どのようなご用件でいらっしゃったのですか？　フィンディからやってくるのは非常に珍しいので、ただごとではないと思うのですが」

リッティはフィンディを呼び捨てだ。そういえば、生まれた時からの知り合いと言っていた。敬称が必要無いくらい身近な間柄なのだろう。

「ワシはバーツを連れて旅に出ようと思う。それで挨拶に来たのじゃ」

「…………」

フィンディの宣言の後、室内にしばしの空白が生まれた。

国王リッティ、大臣エティス。共に彼女の「旅立つ」という宣言を理解するのに時間がかかっているようだ。

「な、なんですって？　旅というと、この国から出るということですか？　何か大森林に問題があったのですか？　それとも、我々が何か不始末を……」

「陛下、落ち着いてください。フィンディ様がお怒りなら、ここに来る前に事を起こしております」

いきなり慌て始めたリッティをエティスが落ち着かせる。しかし、フィンディについて酷い言い様だ。正解だが。

「おい、何を笑っとるんじゃ、バーツ」

「む、すまん。エティス様はお前のことをよく知っていると思ってな」

「余計なお世話じゃ」

少し気分を害してしまったらしい。一応、自分の性格に自覚はあるようだ。

「フィンディ様、宜しければ、もう少し詳しくお話し頂けますか？」

「良いじゃろう。なに、大したことではないのじゃがな……」

頷きながらフィンディは説明を始めた。内容は昨日私達が話したことと同じだ。当然、私が元魔王であることは伏せられている。

世の中の変化を感じる昨今に、私のような古い友人が現れた。これは何かが起きる予兆だと思われる。

要約するとそれだけだが、神世エルフの言葉だと思うと、なかなか説得力があるように感じるから不思議なものである。

「そんなわけで、旅立つのにちょうど良いと思ったわけじゃ」

「なるほど。納得致しました」

「あの、フィンディ、帰ってきてくれるんですよね？」

頷くエティスに、不安そうに問いかけるリッティ。どうやら、国王の方はかなりフィンディをあてにしているらしい。なるほど、大臣が気にするわけだ。

「そうかもしれぬし、そうでないかもしれぬな」

「そんな！」

「陛下。絶望しすぎです。そもそも、フィンディ様が永遠にこの地に留《とど》まっているわけではないのは承知の上でしょう」

頭を抱えるリッティを慰めるエティス。日頃の大臣の苦労が偲《しの》ばれる光景だ。この王様、フィンディの話によると、かなり有能なはずだが、本当だろうか。いや、フィンディという親しい者を前にしているので本性が出ているだけかもしれない。ここは前向きに考えよう。

「私とフィンディはグランク王国を目指すつもりです。聞くところによると、その国が人間達の変化の中心だそうで」

「そこで相談……いや、頼みごとじゃ。実はワシらは、身分証がない。ワシはこの国から出なかったので必要なかったし。バーツは山におったのでな」

王と大臣の反応は面白いが話を進める。雑談なら、目的を片付けた後でもできるだろう。

「なるほど。早速手配しましょう。フィンディ様は勿論、バーツ様もそのご友人ということであれば問題ありません。職業はどう致しますか？」

「む、職業……？」

予想外の質問だ。どうしたものかと頭を捻《ひね》っていると、フィンディがフォローしてくれた。

「冒険者で良い。旅をしながら適当に暴れるのに適しておるじゃろう」

「暴れるつもりですか……」

国王が不安そうな顔をする。その気持はよくわかる。昔、フィンディと旅をしている時も、割と頻繁に暴れざるを得ない状況になったものだ。

「では、そのように手配します。……そうだ、冒険者という立場で国境に向かうならば、一つお願いしたいことがあるのですが」

「エティス！　その話は！」

これまでと打って変わり、リッティが責めるような口調になった。なんだろう？　この国の情勢は落ち着いていると聞いたが……。相談相手（魔物退治専門）の力が必要な事態が発生しているということだろうか。

「お二人に手助け頂ければ成功の確率はかなり上がるでしょう。渡りに船だと思いますが」

「何かあったのですか？　できることなら力になりますが」

私が言うと、横のフィンディも頷いた。彼女はともかく、この国に対して何もしていない私が無条件で身分証を発行して貰うのだ、代金代わりに協力するくらい良いだろう。それに、ここで国に対して恩を売っておいて損はない。

「しかし……」

「話してみるがよい。冒険者への依頼ということなら報酬次第で受けるぞ。路銀が欲しいしな」

フィンディがいたずらっぽい笑顔で言うと、リッティは苦笑しながら語り始めた。

「仕方ありません。お二人の最初の依頼はこの国からのものですね。実は……」

王自ら語った依頼内容は次のようなものだった。

二週間程前、グランク王国からの使者がこの国にやってきた。国賓として歓迎しており、対応は順調だった。

同時期、とある地域でオークが大量発生し、退治することになった。

たまたまそのことを耳にした使者が、オーク退治を見物したいと言い出した。なんでも、大陸の東側ではオークは珍しいらしい。

王と大臣は使者の要望を断りきれず、仕方なくオーク退治への同行を許可した。

念のため、退治に向かうのは国の精鋭騎士団とした。

4日前、オーク退治の一団は出発した。

そして、未だに帰ってこない。

予定だと、既に帰還しているか、せめて報告くらいはこちらに来ているはずだというのに。

「なるほど。わかりました」

これは由々しき事態だ。グランク王国は大国。その使者が行方不明になったのだ。下手をしなくとも国家間の問題になる。

「精鋭の騎士団ですから、全滅はしていないと思いますが……」

「オーク以外の魔物とかち合ったのかもしれぬな。良かろう、調べてみるのじゃ」

「お願いできるならば、詳しい資料を御用意致します。部屋を用意するのでお待ち下さい」

「承知しました」

私が頷くと、話は終わりとばかりにリッティ達は立ち上がった。きっと忙しい中、時間を裂いてくれたのだろう。それに報いるくらいの仕事はしたいものだ。

二人が部屋から出て行くのを眺めていると、フィンディがエティスに声をかけた。

「ところでエティスよ」

「なんでしょう？」

「リッティとは何時《いっ》くっつくんじゃ？　周りの者が待っておるぞ？」

ニヤニヤしながらそう言った。とても悪い顔をしている。

「バ！　陛下にはふさわしい女性がいらっしゃいます！」

「やれやれ、またか……」

顔を真っ赤にして怒るエティスと苦笑するリッティ。

なるほど、これをやるからエティスに嫌われているのだろう。多分、この大臣はフィンディが王位を奪うなんて微塵《みじん》も心配していない。

◆　◆

その後、私達は城内の一室に案内された。

状況的にすぐにでも出発した方が良さそうだが、現場の方の準備が必要らしい。エティスが大慌てで私達の受け入れ態勢を整えているそうだ。

私とフィンディに用意されたのは相部屋だった。

一応、私の外見は男性で、フィンディは女性だ。夫婦だとは一言も言っていない。

これはもしかして、エティスからのささやかな嫌がらせだろうか。いや、別に構わないが。

室内で考えこむ私。対してフィンディは文句の一つも言わずにローブを脱いで、ベッドの上で寛《くつろ》ぎ始めた。

「相部屋か。ワシがあまりにも魅力的だからといっても襲いかかるでないぞ？」

いたずらっぽい表情で、そんなことを言ってきた。どこで覚えた台詞《せりふ》だろうか。長生きしていると無駄な語彙《ごい》が多くて困る。

「安心しろ。物理的に不可能だ。仮にできても、私はそんなことはしない」

「面白みの無い奴じゃのう……」

フィンディは何故《なぜ》か不機嫌になった。

彼女が急に不機嫌になることは珍しくないので、私は気にせず自分のベッドを確認する。流石王城、高級品だ。よく眠れるだろう。

「大臣殿が忙しそうに働いているとのことだし、今日はここで一泊だな」

「そうじゃのう。エティスのことだから、明日には万事整っているはずじゃ」

「働き過ぎで無理しそうなタイプだな」

「王も似たようなことを言って心配しておったよ。ま、ワシらの気にすることではない」

それもそうだ。私などに心配されては余計なお世話というものだろう。

ここは有り難く王城で一泊して、国王からの依頼に備えさせて貰おう。

その後、私達は時折やってくるエティスから詳しい依頼内容を聞いたり、王から晩餐《ばんさん》に招かれたりした上で、眠りについた。

王城のベッドは快適で、よく眠れた。

5話「オーク退治?」その1

翌朝、私達は城の裏門から出発することにした。城門から出発となると、王や兵士が見送って大げさなことになるので嫌だとフィンディが言ったためだ。私も目立つのは好きではないので、喜んで承諾した。

そんなわけで、裏門には私とフィンディ、国王リッティと大臣エティス、近衛《このえ》の護衛騎士が数名といった具合に集まっている。

「何も国王自ら見送りに来なくても良いと思うのですが」

「とんでもありません。本来ならばもっと盛大に送り出さなければいけないところです」

リッティは大げさな挙動で私の言葉を否定した。王様本人としては盛大に送り出したいらしい。フィンディも気に入られたものだ。

「前にワシが魔物退治に向かった時に大分派手に送り出されてのう。恥ずかしいからやめるように言ったのじゃが……」

目立つのがあまり好きではないフィンディはさぞ嫌だったろう。人間から見て大変な魔物退治でも彼女からすれば散歩のようなものなのだから尚更だ。

「正直、地味な出発にしてくれて助かりました。……予算的に」

「色々と大変ですね……」

「バーツ様もフィンディ様もこちらの事情を察してくださって助かっています」

エティスは大分お疲れの様子だ。原因は予算のことではなく、私達の出発の段取りで休息時間を削られたからだろう。申し訳ないと思うが、非常に助かる。

「フィンディ、バーツ殿。身分証です」

王が自ら私達に身分証を手渡してくれた。

身分証は金属製のカードだった。魔力を感じたので軽く観察すると、それなりに複雑な魔術陣が刻まれていた。

なんでも、これを然るべきところでかざせば、入出国の履歴などが参照できるらしい。かなりの優れもので、グランク王国発祥の魔術具だと言う。

こういう品物を見るとグランク王国への興味が増してくる。

「世話になるのう」

「手間をかけさせてしまって申し訳ありません」

「気にしないでください。働いたのはエティスです」

「身分証の発行は難しくはありませんから、お気になさらずに。それよりもバーツ様」

「なんでしょう?」

意外にもエティスが私に声をかけてきた。その手に手紙を持っている。封筒が厚く膨らんでいることから、それなりの分量のようだ。

「王城を出てからこれを読んでください」

なんだかわからないが、とりあえず受け取ることにする。この大臣は無用なことをする人物ではない。

「む。なんじゃ、恋文か?」

「違います」

「じゃあ、なんじゃ。ワシじゃダメなのか?」

「バーツ様なら読んだ後に内容を教えて下さいますよ。まあ、久しぶりに人里に降りてきた魔族の方へのアドバイスのようなものです」

「エティスは親切ですからね」

リッティが自慢の家臣だと付け足すと、エティスが赤面した。なるほど、王城ではこんな光景を頻繁に目にするのだろう、フィンディがからかいたくなるわけだ。

「むう。そういうことなら良いが……。バーツ、あとでちゃんとワシにも内容を教えるんじゃぞ」

「わかっている。お二人共、重ね重ね、感謝致します」

「いえ、厄介事を押し付けたのはこちらですから。お気をつけて」

「仕事の報告に一度戻ってきてくださいね。その時にフィンディとバーツ殿のための宴を御用意致します」

「宴は好きではないと言っておろうに。ともあれ、吉報を持ってくるように努力しよう！」

「私も頑張ります。……あ、騒がしいのは私も苦手なので遠慮を……」

私とフィンディが揃《そろ》って宴を拒否すると、リッティとエティスは苦笑した。想定済みの回答だったのかもしれない。

話を終えると、私達は少数だが身分の高い人々に見送られて出発した。

さあ、旅の始まりの前の、一仕事だ。

◆　◆

私達の向かう先は王都オアシスから徒歩で1日ほどの距離にあるバーナスという街だ。

大森林の国カラルドにおいて3番目の規模を誇る都市であり、近隣に鉱山を含む山々を背負っている。

徒歩なら1日、馬車なら半日の距離だが、私達にそんな無駄な時間をかけている暇はない。

それに、行方不明になったオーク討伐隊とグランク王国の使者が気がかりだ。

私達は移動手段として飛行の魔術を選んだ。

飛行の魔術はその名の通り、空を飛ぶ魔術である。周囲を結界で囲み、風の魔術を展開して高速移動する。翼を持った魔族を解析して組み上げられたとされる高等魔術だ。

同時に二つの魔術を使用するため、非常に消耗が大きいので、人間の魔力量だと移動に適しているとは言い難く、緊急時の短距離移動が主な用途になっている。

だが、無尽蔵とも言える魔力を持つ私達なら話は別だ。ひたすら高速で空を飛んでも、私とフィンディなら魔力量には影響がない。

私達は王城を出るなり魔術を展開。徒歩なら1日かかる距離を30分ほどで移動し、街が見えた辺りで近くの平原に着地した。

街に直接降りると騒ぎになるだろうし、到着前に貰った手紙を読もうと思ったからだ。

街道からちょっと離れた場所に木陰を見つけて、手紙を開く。横でフィンディが気にしているが、これは私に宛《あ》てられたものだ。先に読む権利は私にある。

エティスからの手紙には、今回の仕事とこれから会う人物や、個人的な意見など、口頭で説明しきれなかったことが几帳面な筆跡で書かれていた。昨日の打ち合わせで伝えきれなかった分の情報のようだ。

「ほう、これは親切だ。これから会う人物や状況について詳しく書かれている」

「どれ、見せてみよ……ほうほう。リッティのサインも入っておるな。二人の共通認識ということじゃろう」

オーク退治に向かったのはバーナスの街の領主一族を中心とした騎士団らしい。王国きっての精鋭部隊なのでオークの群れ如きに遅れを取るとは思えないと手紙に書かれていた。

考えられる可能性は、なんらかの陰謀に巻き込まれたか、オーク以上の魔物が出現したか、だそうだ。大臣の推測としては前者ではないかとのこと。

事態が陰謀なら、グランク王国の使者が無事である可能性は高いため、最悪の場合、何か事が起きる前に、使者だけでも見つけて連れ帰れば良いらしい。

また、バーナスの街の冒険者ギルドで人を待たせておく手筈《てはず》を整えてあるが、そちらも領主一族の人員だという。リッティとエティスが信用できる人材を選んだから安心して欲しいとのことだった。

「ふむ。陰謀の可能性が高いか。たしかに精鋭ならばオークなどに遅れを取らないだろうな」

「わからぬぞ、強力なオークが出現したのかもしれん。オーク王とか」

オークは豚と人間を足して2で割ったような外見の種族である。繁殖力旺盛で、強欲。小規模な群れで行動するのが基本だが、極稀《まれ》に王と呼ばれる存在を頂いて大軍勢を作り上げることがある。

オークを統べることのできるオーク王は個体としての能力も高く、下手な魔族よりも強力だ。

「オーク王は500年前の戦争で勇者に真っ先に討伐された。それ以来、オークは統率されることなく自然繁殖だ」

「……そうじゃったのう。では、オーク王となりうる強い個体がこの地域で生まれて、オークが爆発的に繁殖した可能性はどうじゃ？」

「ゼロではないが、その可能性は少ないな。それほどの個体ならば、すでに街がいくつか滅んでいるはずだ。オークに限らず、強力な魔物とはそういうものだ」

「なるほどのう。では、強力な魔物の可能性は低いようじゃの」

精鋭の騎士団が全滅する程の強力な魔物が存在するなら、今から行くバーナスの街も無事では済まない。やはりエティスの言う通り、今回の件は人間同士の諍《いさか》いが絡んでいる可能性が高そうだ。

「人間同士の陰謀か。我々の苦手なところだな。使者とやらの救出を優先するべきだろう」

「うむ。基本的に力ずくが得意じゃからな、ワシら」

情けないが、私もフィンディも陰謀を解き明かして丸く収めるような技能の持ち合わせがない。

ここは最低限の成功条件である、使者の救出を優先して行動すべきだろう。

一緒にいるか、気の毒なことになっているか不明な精鋭騎士団の皆様については、可能な限り助けるという方針で行こう。

「これ以上、私達が話しても仕方ないな、これは」

「そうじゃな。とっとと街へ行くとしよう」

そう結論した私達は、街道に戻って徒歩でバーナスの街に入った。

6話「オーク退治?」その2

バーナスはそれなりに立派な街だった。流石は第3の都市といった所だろう。

街を囲む外壁の向こうには王都オアシスと同じような街並みが広がる。聞くところによると、鉱山が近いため、街の一角は工房がひしめき合っていて、ちょっとしたものだそうだ。

残念ながら工房に用のない私達は、入り口の守衛から冒険者ギルドの場所を聞いて、一直線に向かうことにした。

この街は冒険者が多いらしく、冒険者ギルドの規模もなかなか大きかった。大臣からの指示もあったため、裏口から入ることにする。冒険者は気性が荒い者が多いので、表から入ってトラブルが起きるのを防ぐためらしい。

恐らく、フィンディが暴れるのを防ぐためであろう。

裏口をノックして名前を伝えると、大事な客を迎えるための上等な部屋に通された。王城ほどではないが、調度類にも気を遣った良い部屋だ。

室内には一人の人物が待っていた。

「は、はじめして。ラナリーと申しますぅ！」

緊張した面持ちで挨拶したのは若い女性だった。

比較的小柄な体格に、癖のある茶色の髪。簡素な鎧を身にまとい、腰には飾りの無い長剣を佩《は》いている。装備品がよく手入れされていることと、隙の無い立ち振舞から、それなりの使い手であることが察せられた。

どうやら、信頼できる上に、戦うことが可能な人選をしてくれたらしい。

ラナリーの能力がどの程度かわからないが、ここは王と大臣を信じるしかないだろう。

「フィンディじゃ。事情は聞いておる。大変じゃったな」

「バーツだ。可能な限り手伝おうと思っている」

「我が国の問題に大森林の賢者フィンディ様を巻き込んでしまい申し訳ありませんですぅ。あ、あとご友人のバーツ様も」

間延びした喋《しゃべ》り方だが、ラナリーはこう見えて領主一族なので今回の当事者の一人だ。きっと気が気でないに違いない。私がついでみたいな扱いの挨拶だったが広い心で許そうと思う。実際、この国だと私の立場はフィンディのおまけ扱いでも仕方ない。

「気にしないで良いのじゃ。リッティには世話になっておるからの」

「詳しい状況を説明してくれないか。急を要するのだろう」

ラナリーの口から、改めて状況の説明がされる。

使者を伴った精鋭部隊がオーク退治のため山中に突入後、行方不明。今の所、連絡はない。そろそろ捜索隊を出そうかと思ったところで、王都から私とフィンディが事件に対応すると連絡があったそうだ。

これは既に、事件が私達の管轄となったと思っていいだろう。

また、ラナリーは陰謀の可能性については口にしなかった。あくまで魔物の仕業と考えているか、実はなんらかの陰謀だと本人は気づいているのかはわからない。ここは下手に口を出さずにいくべきだろう。彼女の見解もそのうちわかるはずだ。

隣のフィンディもふんふん頷くだけで細かく口を挟むことはなかった。彼女の方は、面倒だからとっとと力ずくで現場を押さえればいいと思っているに違いない。

「ふむ。討伐隊がオークと接触した場所はどのあたりじゃ?」

「ここから1日くらいの山中ですぅ。お疲れでしょうから今日のところはお休み頂いて、明日の早朝に……」

ラナリーは私達を気遣ってそう言うが、いらぬ心配だ。徒歩1日くらいの山中なんて近いじゃないか。すぐに行動するべきだ。

「いや、それには及ばぬ。すぐに出発じゃ」

「ああ、急いだ方がいいだろう」

「え、ちょっと? 流石に無茶ですよぅ!」

私達が立ち上がると、ラナリーも慌てて立ち上がる。普通は無理だが、私もフィンディも普通ではない。フィンディがずっといた国の人間なら想像がつきそうなものだが……。

これは案外、フィンディが暴れた回数が少なかったのでないだろうか。もっと非常識ぶりを周知しておいて欲しかった。

「ラナリー、準備はしておるのか?」

「え? 1日かかるんですよ? もう午後ですし……」

「準備はしておるのか?」

「……少々お待ち下さい」

フィンディの圧力に負けたラナリーは、しばらくして荷物をまとめてやってきた。

その後、ラナリーの案内で、目的地まで飛行の魔術を使った。フィンディに手を繋がれ、生まれて初めての飛行を体験したラナリーはかなりの恐怖を感じたようだが、まあ、これは仕方ないだろう。

◆　◆

「うぅ、地面に足が着いているのがこんなに嬉しいのは生まれて初めてですぅ」

「まったく、大げさに騒ぎおって。ワシの魔術を信用しとらんのか」

「そういう問題でもないだろう。慣れていなければ高所は怖いものだ。すまないな、ラナリー。しかし、急を要するのだろう?」

討伐隊が入ったという山の近くに降り立つなり、ラナリーは大の字になって母なる大地に感謝を捧げはじめた。トラウマにでもなっていないか心配だ。移動はできる限り飛行魔術を使うつもりなので、毎回これでは困るのだが。

「場所はここで問題ないのか? 普通の山に見えるが」

目の前の山は、枝振りの良い木々が生えるだけの普通の山だった。空から見た感じ、標高も低い。

「はい、ここですぅ。ここから山中に入ってオークの巣を目指す予定でした」

「思い出した。昔、ここに魔物討伐で来たことがあるのう。少し登ると岩が多くなっていて、魔物が作った洞窟などがあったはずじゃ」

「はい。その岩場周辺を探索、状況に応じて対処するつもりだったと聞いていますぅ」

山にはしっかり山道があった。魔物か人かわからないが、それなりに行き来があるようだ。

このまま山一つを探索するというのは大変だ、できるだけ効率良くいきたい。

こういう時は、私の特技の出番である。

「バーツ。すまんが頼めるかの?」

「任された」

フィンディの指示を受けて、私は精神を集中させる。

私の得意技は魔力探知だ。集中するほど感覚が研ぎ澄まされ、かなり遠くの魔力まで繊細に感知することができる。魔王城跡地でやったように魔術も併用すれば範囲は更に広がる。今回は小さな山が対象なので魔術の併用は必要ないだろう。

魔力探知そのものは珍しい能力ではないが、繊細に感知できるというのは他にはない点である。私は人や魔族が戦った際の魔力のゆらぎや、魔術儀式の跡といった、なんらかの痕跡をかなり正確に辿ることができる。私としては当たり前の技術だが、神世の時代から生きているフィンディすら驚くスキルであったりする。

鋭敏になった私の感覚が、山の上の方で魔力の気配を感じた。かなり薄くなっているが、戦闘の痕跡だ。集団で戦った気配が残っている。

「少し上で戦闘があったようだな。魔力が少し溜まっている」

「え？　今何をしたんですかぁ？」

「バーツは人間どころかワシよりも鋭敏な魔力探知が行えるのじゃ。ほれ、行くぞ」

ラナリーの質問にフィンディが短く答えると、軽く手を降った。すると空中に魔術陣が生み出され、私達三人を光る球体となって包み込む。フィンディの飛行魔術である。どうやら、私も含めて運んでくれるらしい。

「わわ。これ、魔力がもったいなくないですかぁ？」

「ワシからすれば体力の方がもったいないのじゃ。人間と一緒にするでない」

「す、すいませんですぅ」

「フィンディは神世エルフだからな。魔力量は人間とは比べ物にならない。それに、無駄に動く理由もないのは事実だ」

私とフィンディにとっては魔力より体力の方が貴重だ。魔力は無尽蔵だが、体力はそうでもない。それに二人共、疲れるのは嫌いだ。


飛行魔術を使えば、徒歩で数時間かかりそうな山道も一瞬だ。私達はあっさり現場に到着した。

「ふむ。間違いないようだの」

「す、すごいですぅ。一瞬で痕跡を見つけちゃいましたぁ……」

「これだけはフィンディよりも得意と言っていい技だな」

「うむ。存分に自慢するが良い」

私が探知した場所は、山中にあるちょっとした広場だった。近くにはフィンディが言っていた岩場もある。

元は草でも生えていたと思われる広場に炎で焼き払われた場所があった。焼け残ったものから推測して、オークを退治し、死体を始末するために火の魔術を使った跡だとわかった。

近くの岩場も軽く覗いてみたが、オークも人間もいなかった。しかし、よく見るとオークの武器や血の跡が確認できた。見た感じ、人間側の完勝だったようだ。

「どうも、人間側の一方的な勝利のように見えるが」

「グランク王国からのお客様に万が一でも傷がつかないように精鋭を派遣しましたからぁ」

「なるほどのう。では、勝利した人間達がどこに行ったか、何か手がかりはないかの……」

そう言いながらフィンディは私に再度の魔力探知を促した。我ながら使い勝手の良い能力である。消耗も少ないし。

私はもう一度、精神を集中させる。すぐ近くに、魔力の反応を感知した。

「む。あそこだ」

私は地面の一箇所を指差す。この場の魔力の痕跡は薄れつつあるが、一つだけ明確な反応を示す何かがある。

オークの焼かれた場所からすぐ側《そば》の草むら、そこに指輪が一つ落ちていた。

指輪には見たことの無い紋章が彫り込まれていた。魔力を感じることから、なんらかの効力を持つ魔術具だと思われる。

「これ、グランク王国の紋章ですぅ！　使者さんが身分を証明するために身に着けているやつですぅ」

どうやら、手掛かりとなる物を見つけたらしい。これだけ都合の良い場所で見つかるということは、使者とやらがわざとこの場所に落としたのかもしれない。大国の使者ともなれば、それなりに有能な人物のはずだ。そのくらいはやってのけるだろう。

「ほほう。これはこれは。思ったよりもことが早く済みそうじゃ」

「そうだな。グランク王国の人物は運がいい」

「ど、どういうことですかぁ?」

まだ指輪が見つかっただけですよぅ、というラナリーに対して、不敵な笑みを浮かべながらフィンディが言う。

「ここまでくれば見つかったも同然じゃ。ワシの魔術でこれの持ち主まで案内させることができるんじゃよ」

「そ、そんなことができるんですかぁ!?」

「なに。お主らがまだ生み出していない魔術を使うだけじゃよ」

言いながらフィンディが何もない空間から杖を取り出した。先端に水晶球めいた宝玉のついた白い杖だ。長さはフィンディの背丈ほどで、装飾は控えめの、上品な作りだ。

その名もフィンディの杖という、神から与えられた彼女専用の装備品である。

「ふぇっ、何もないところから杖が!」

「いちいち驚くでない。これはただの杖ではない、ワシの身体の一部みたいなもんじゃ。まあ、見ておれ」

フィンディが杖を掲げると、杖の宝玉の中に青い光が灯った。よく見ると、複雑な魔術陣が内部で幾重にも回転しているのが見える。フィンディの杖に記録されている神世エルフの魔術が起動しているのだ。

こうして杖に詠唱の大半を任せることができるので、フィンディはほぼ無詠唱で強力な魔術を行使できる。恐ろしい話だ。

「相変わらず見事なものだ。しかし、何度見ても神世エルフの魔術は複雑だな」

「私が教わった魔術とは根本的に違うみたいですぅ」

「ま、ワシらの魔術は神々から直接教わったものを発展させたものだからのう」

宝玉から青い光が飛び出してきた。浮遊する拳大《こぶしだい》の青い光の中に指輪を放り込みながら、フィンディがさらりとすごいことを言った。

「す、すごいですぅ。それって魔法ってことですかぁ！」

「いや、神世エルフでも魔法は使えない。あれは神々だけの技術らしい」

「ワシらも魔法のような魔術はあるのじゃがのう。これぱかりはどうしようもないのじゃ」

神々には魔法と呼ばれる力があったという。それは、我々の使う魔術とは根本的に違うものだったらしい。

フィンディによると、魔術は魔力を操り、様々な現象を引き起こすのに対し、魔法は様々な現象を引き起こす法則を生み出すことができる能力とのことだ。

乱暴に言うと、「こうすれば魔術が発動する」という現象そのものを創りだすのが魔法になるそうだ。

詳しい仕組みはフィンディもよく知らないらしいが、とにかく無茶苦茶な力だったらしい。

「さて、準備ができたぞ。指輪が持ち主のいる辺りまで案内してくれるから、付いて行くとするのじゃ」

「すごい。こんな魔術、聞いたこともないですぅ」

「まだ人間の知らない魔術だから当然だな」

そう言って、私は飛行の魔術を準備する。三人の周囲を包むように結界が作られ、軽く宙に浮いた。わざわざ足で移動する理由はないだろう。飛んで移動だ。

フィンディが指輪から手を離すとそちらも宙に浮かんで、持ち主のいる方向へ漂い始めた。

あとは結界内を漂う指輪を目印に進むだけだ。見張りなどを警戒して、結界に隠形《おんぎょう》系の魔術を追加しておく。

「準備できたようじゃな」

「うむ。隠形術を追加したので、まず発見されないはずだ」

「あの、バーツ様も詠唱無しで魔術を使ってるように見えるんですが……」

「私はフィンディに魔術を教わったので、近いことができるだけだ」

「ふぇぇ。そういうものなんですかぁ」

嘘である。実を言うと私が無詠唱で魔術を行使できる理由は不明だ。そこを説明するのも面倒なので嘘をつかせて貰った。フィンディは特に口を挟まない、この説明で押し通して問題ないということだろう。

「では、出発するぞ」


指輪が導いた先は、現場から歩いて1日、バーナスの街から半日程度の距離にある森の中だった。

それなりに人間の手が入っている場所で、馬車が行き来できる道もある。

指輪の行き先は、その道の先にある屋敷だった。かなり大きな建物で、中で二十人くらい暮らせそうな立派な屋敷だ。それなりの貴族の所有物であることが推測できる。

私達は屋敷が見えた段階で、道から外れて森の中からの観察に切り替えた。

「ふむ。屋敷だな」

「なかなか立派じゃのう。里から離れた貴族の別荘と言ったところかの……」

「……そのよう……ですね」

ラナリーの返事が妙だった。彼女はこの地域の領主の一族だ。屋敷を見て何か感づいたのだろう。表情にかなりの動揺が見られる。よく見れば、ちょっと顔色も悪い。

「どうしたラナリー。顔色が悪いぞ」

「あれを……見てください」

震える指でラナリーは屋敷の屋根を指し示した。そこには屋敷を所有する貴族のものと思われる紋章が描かれていた。彼女の動揺の原因はそれだろう。きっと、かなりの大物に違いない。

「屋敷の持ち主の紋章じゃな。それがどうかしたのか?」

怪訝《けげん》な顔のフィンディに対して、ラナリーが懐から短剣を出して、柄を見せる。

そこには屋敷のものと同じ紋章が刻まれていた。

「あれ、うちの一族の屋敷なんですぅ……」

7話「オーク退治改め脳筋退治」その1

「えっと、まず、私達の一族について説明させて頂きたいですぅ……」

一族の者達が他国の使者を拉致《らち》したという状況を把握したラナリーは、そう言って説明を始めた。声や手が震えているが、仕方ないだろう。うっかり使者が死んでいましたなんてことになれば、一族皆殺しにされても文句は言えない状況だ。

「私のフルネームはラナリー・パンジャン。私達は代々この地域を治めてきた領主の一族ですぅ。元は猟師だったのですが、この国が作られた時に功績があって領地を貰いましたぁ」

「そういえば、そんな奴がおった気がするのう」

「言われて思い出すレベルなのか……」

「すまぬ。他人の顔を覚えるのは苦手での。ワシも家と王都の往復が基本じゃし、会うのは王か大臣ばかりじゃったからな」

フィンディは家臣のことまでは把握していないらしい。まあ、彼女の性格上、がっつり政治に絡むわけがないので仕方ない。

「それで、その由緒正しいパンジャン家の者達が、何故大国の使者を拉致するのだ？」

見た感じバーナスの街は治安も良かったし、ラナリーも王と大臣から信頼されている。別に軽視されている一族というわけではなさそうだ。動機が見えない。

「実は……うちの一族は非常に武力に偏った方が多いと言うか、いわゆる脳筋と言われる一族なのですぅ」

「なんだそれは？」

聞いたことの無い言葉に質問すると、フィンディが補足してくれた。

「脳筋というのは、脳みそまで筋肉でできているような武闘派とか肉体派の人間を指す言葉じゃ。久しぶりに聞いたのう……。言われて思い出したが、パンジャン家の祖先はそんな感じじゃった。こう、知性がちょっと……な」

「子孫を前にそれは失礼な言い方じゃないか？」

「いえ、その通りですぅ……」

フィンディの物言いを窘《たしな》めようとしたら、羞恥やら申し訳無さやらを溢れさせながら、ラナリーが肯定してきた。恐ろしい一族が要職についている国だ。

「そんな一族なので、生まれたら男女問わず武術の鍛錬に明け暮れるのですぅ。そして、大抵の人間が力で解決する処世術を学んでしまうのですぅ」

「それ、処世術と言うのか……」

少なくとも悪い世渡りしかできないように思える育て方ではないだろうか。というか、そのノリで領地経営はちゃんとできているのか心配になる。

「よくもまぁ、それで領地が運営できておるのう」

「たまに現れる頭が良いとされる子が目をかけられて、学問を集中的に叩き込まれるんですぅ。一応、私もその一人で留学なんかをさせて貰っていますぅ」

同じことを考えていたらしいフィンディへの回答を聞いて、私は納得した。

なるほど、一部の学問を得た人間が領地を運営し、それ以外は肉体派の道を行くわけか。

聞いた感じだと、脳筋が多数派のようで会議がまとまるか心配だ。いや、いっそあまり口を出さないのかもしれない。主流派は戦いに明け暮れ、非主流派が領地経営する。普通ではあり得ないことだが、それで上手く回っていたのだろう。

まあ、今回は口どころか手を出してしまっているわけだが。それもかなり重罪な方向で。

「察するに、領地経営は一部の者に任せていたようだが、何故このような凶行に至ったか想像はつくか？」

「恐らく、原因はエティス様です」

「あの大臣が？　たしかに脳筋と相性は悪そうじゃが……」

「いえ、脳筋派の人達はエティス様と顔を合わせる機会は少ないので、相性以前の問題だったのですが……」

ラナリーが言うには脳筋派の面々の事情は次の通りだった。

カラルドという国は豊かな森林を持つ田舎国家だ。人口も経済もそれほど活発ではないおかげでパンジャン家の面々は領地経営を一部の者に任せて、残りの者は武力を維持するための狩りや魔物退治などに集中するという方針でやってこれた。

そこに現れたのが新たな大臣のエティスである。リッティが国王に即位すると同時に彼女がグランク王国からやってくると、国内が急速に発展しだした。

グランク王国経由でもたらされる技術や新商品、整備される街道、少しずつだが王国に繁栄の兆しが現れた。

それはとても良いことなのだが、パンジャン家脳筋派の面々は危機感を覚えたという。

このままでは、商売もできない、領地経営もろくにできない自分達が蔑《ないがし》ろにされるのではないか、と。

別にそんな事実はなく、国王も大臣も脳筋派は貴重な武力として考えているらしい。領内に魔物は頻繁に現れるし、いざという時の武力は不可欠だ。

「陛下もエティス様も脳筋派をどうこうしようとは考えてはいないのですが、短い期間で急速に国内が変化するので自分達の居場所が無くなるのではないかと思っていた節がありますぅ。私の所にも子供を学問の道にと相談にくる人が増えましたからぁ」

「なるほど。そこで、今回の事件というわけじゃな」

事情はわかった。周囲の環境の変化に対して、彼らなりに考えて、極端な行動に出てしまったのだろう。

だが、まだわからないことがある。

「しかし、わからないな。グランク王国の使者を捕まえて彼らは何をするつもりなんだ？　自分達を不利にするだけの行動に思えるが」

大国の使者を拉致するという行動には、なんらメリットが見えない。このカラルドという国と自分達の立場を不利にするだけだ。使者の命を盾に大臣の退陣でも迫るつもりなのだろうか。上手く国を転がしている大臣に対してそんなことをすれば、国民全体から恨みを買うだけだろうに。

「私もバーツ様の言う通りだと思いますぅ。でも、なんと言うか、脳筋派の人達の行動は読めないところがありますからぁ」

「なるほど。馬鹿の行動は読めないから困るというやつじゃな……」

「……ほんと、ご迷惑をおかけして申し訳なく思っているですぅ……」

ラナリーは深々と頭を下げた。

彼女はパンジャン家では非主流派だったわけで、これまで苦労してきたのだろう。

理不尽で予測不能な行動をする脳筋の主流派と、それに振り回される非主流派。そんな構図を想像すると、物凄く気の毒に思えてきた。

なんとかしてやりたい。

「さて、状況はわかったが、どう行動したものだろうか。相手の考えが読めないのが厄介だな」

「使者の居場所に大体の当たりをつけた上で、こっそり回収してはどうじゃ？　別に争うことはあるまい」

「そうだな……。それが一番簡単だな……」

「あの屋敷、オーク退治に選抜された脳筋派の精鋭が十人以上いるはずですけどぉ」

「魔術を使えば問題ない」

「いっそ屋敷ごと消し飛ばしても良いのじゃが、人質がおるからのう……」

「ふぇぇ、流石にそれは勘弁してあげてくださいですぅ」

フィンディはすぐに全てを吹き飛ばそうとする。悪い癖だ。

やはりここは、こっそり救出するのが良いだろう。私とフィンディの魔術なら難しいことではない。脳筋派の面々は、その後にでも拘束すればいい。

「では、こっそり使者を助け出すという方針が無難だろうか」

「そうじゃのう。観察した上で深夜にでも行動すれば良かろう」

私とフィンディがそう方針を決定しかけた時だった。

「あ、あのぅ。ちょっとお願いしたいことがあるのですが」

「なんだ？」

ラナリーが遠慮がちに会話に入ってきた。

「私、あそこにいる人達を説得したいと思うんですぅ」

相変わらず顔色は悪いまま、震えも止まっていないラナリー。しかし、表情には強い決意があった。

そこには、一族の不始末をなんとかするという覚悟が見て取れた。

「しかし、先ほどの話を聞く限り、説得は難しそうなタイプに思えるが……」

「それでもですぅ。きっと、みんな焦って変なことをしただけで、深い考えがあるわけじゃないと思うんですぅ。このまま使者様だけ助けても、最悪の場合、一族滅亡コースですぅ。できれば、それは避けたいですぅ」

「そうは言うがのう。ある意味、領主一族の監督不足じゃから、そこを突かれるのは仕方ないことじゃぞ？」

フィンディの冷たい物言いに対して、ラナリーは迷いなく土下座した。

地面に頭をこすり付けながら、懇願する。

「うぅ。返す言葉もありません。ですが、これじゃあ、あんまりですぅ。一部の馬鹿共のせいで、頑張ってる他の人達まで被害を被るのは良くないですぅ。だから、なんとか機会を。最悪あそこにいる人達の命だけで勘弁して貰えるようにさせて欲しいですぅ」

「……さらっと同族見捨てたな、この子」

「なかなかやりおる……」

「そのくらい覚悟が必要な状況ですぅ。どうか、どうか機会をくださいっ……！　せめて私が説得して投降させれば、なんとかなると思うですぅっ！」

ラナリーは必死だ。当然のことだ、自分どころか一族全ての命運がかかっているのだから。

私は必要の無い命が失われるのを見る悪趣味はない。

元魔王といっても、邪悪さで魔王になったわけではないのだ。

「あー。フィンディ、ここは一つ、ラナリーに説得させてみないか？」

「同情か。いや、気持ちはわかるがのう……」

「犯人側の真意が知りたい。もしかしたら、裏で手を回した者などがいるかもしれない」

「なるほど……」

「確かに、脳筋派の人達は乗せやすいですぅ……」

実際に裏で手を回した者がいるなら、あの大臣が気づいていそうなものだ。まあ、この場合は良い理由になるので良しとしよう。

「できれば使者を解放するように説得。無理ならせめて向こうの真意を把握してくれ」

「何かあったらワシらに助けを求めるがいい。声に出せば助けに行けるよう準備しておくのじゃ」

「あ、ありがとうございますぅ！」

こうして、ラナリーの説得が決まった。

私達はその場で打ち合わせを行った。

ラナリーは正面から屋敷へ入る。彼女なら脳筋派に協力したいと言えば無警戒で入れるそうだ。

説得中はフィンディが透視の魔術で内部を監視。私はいつでもラナリーを救出できるように準備し、万が一が起きたら行動する。

作戦とすら言えないものだが、とりあえず方針を決めると、私達はすぐに行動に移った。

「ふむ。見た目は普通の屋敷じゃが、一箇所だけ透視できん部屋があるのう」

杖の宝玉を青く輝かせながら、フィンディが言った。監視用の魔術は発動中のようだ。

「領主一族の屋敷だからな、魔術対策の施された部屋くらいあるということだろう」

身分の高いものが魔術による盗聴や監視への対策を行うのは珍しいことではない。

「見た感じ、使者らしき者は見当たらんから、いるとしたらその部屋じゃろうな」

「探す手間が省けて助かるな。ラナリーが失敗したら、すぐにその部屋に向かおう」

「しかし、正面から行くとはのう……」

屋敷の正門に歩いて行くラナリーを眺めながらフィンディが呆れた様子で言う。手に持つ杖は宝玉がうっすら青く輝いていた。監視用の魔術は発動中のようだ。

私は自分とフィンディを隠すように隠形の魔術を展開している。何かあればフィンディの合図で内部に飛び込み、適当になぎ払うつもりだ。

「顔見知りならば大丈夫だろう。あとはラナリーの口がどの程度回るかだな」

「そこは期待したいところだのう。……ところでバーツ。この件、落とし所があると思うか?」

ラナリーが気の毒なので先程から考えているが、思いつくのは大臣か国王に慈悲を乞うくらいだ。

「使者が無事で脳筋派の向こう見ずな暴走だったのなら、連中を適当に処罰して終わりにして貰えないかエティスに頼んでみようかと思う」

「そうじゃな。ワシもリッティに関係ない者まで処罰せんように頼んでみるつもりじゃ」

人の命は短い。極悪人でもないかぎり無闇に命が失われるのは、私もフィンディも好むところではない。

「状況はどうだ?」

杖を光らせているフィンディに聞く。私達が話している間に、ラナリーは屋敷の中に無事に入ることができた。問題はここからだ。

「順調じゃ。向こうの連中は会議を始めおった。ラナリーが涙ながらに叫んで説得しておるのが見える」

「説得……できそうに見えるか?」

「うーむ。どうじゃろ。あ、大人しく聞いていたごつい連中が怒鳴り始めたぞ。ラナリーが涙目になっとる……。あー、周りがラナリーを一方的に罵《ののし》っとる構図じゃなこれ。あ、ラナリーが逆ギレしたみたいじゃぞ、なんか叫んどる。多分、『貴方《あなた》達だけ死ねばいいのに!』みたいな内容じゃ」

「おい、それは助けに入った方がいいんじゃないか?」

私が正門に向かおうとするとフィンディが手で制した。

「今、ラナリーが連中に拘束された。それでも何か言っとるな。なんか連中の顔が恐怖に歪んどる。慌てて武装しておるのう」

なんとなくラナリーが何を言ったかわかった。

この場には、完全武装の脳筋が恐れてもおかしくない神世エルフがいる。

「思うに、私達の存在を暴露したのではないだろうか。フィンディがここにいるなら怯えても仕方ない」

「どういう意味じゃ。神秘にして美麗な神世エルフじゃぞ、ワシは。お、なんか武装状態でラナリーを連れて外に出てくるみたいじゃぞ」

「誰も神秘にして美麗なんて言っていないが……。まあいい、恐らく人質を使って交渉するつもりだろう」

「ワシの存在を知って尚、人質が通用すると思っておるあたりが甘いのう……」

フィンディが言っているのは別に人質ごと攻撃するという意味ではない。人間の騎士程度ならば人質を助けた上で倒すくらい容易《たやす》いという意味だ。多分。

「フィンディが本気で暴れたところを見たことがないからだろう。一度でも目にする機会があれば、逆らおうとは思わん」

「かなり手加減してたのが裏目に出たみたいじゃのう」

それでも王国の精鋭が怯える程度には暴れていたのだから、十分だとは思う。
フィンディに怒られそうな言葉を呑み込んだ上で、私達は屋敷に向かった。
これはわかりやすく、魔術を使った交渉になりそうだ。

8話「オーク退治改め脳筋退治」その2

脳筋派の面々は私達に監視されていることを知ってか知らずか、正門からぞろぞろと出てきた。全員完全武装だ。いかつい外見の男性が多いが、女性もチラホラ見える。なんと言うか、戦闘では頼もしそうな方々だ。

彼らの中心には両手を縛られたラナリーがいて、リーダーらしき男に支えられていた。リーダーは身長が2メートル近い、鎧の上からでもわかる筋肉ダルマのハゲだった。武器は大剣。全身鎧だが、兜《かぶと》はつけていない。

屋敷の外に出るなり、ハゲが絶叫した。

「大森林の賢者フィンディ殿！　そしてあとなんかもう一人！　パンジャン家の裏切り者ラナリーは見ての通り我が手にある！　この場で処刑されたくなければ出てきて頂きたい！」

物凄い大きな声だった。戦場なら良く響くことだろう。

捕まっているラナリーが声に怯えつつも、涙を流して叫んだ。

「申し訳ありませぇぇん！　やっぱり無理でしたぁ！　この人達、なんにも考えていませんです

う!!」

発言を聞いた周囲の者が激昂《げきこう》し、リーダーがラナリーに向かって拳を振り上げた。

「まだ言うか貴様は！」

「ぎゃんっ！」

悲鳴と共にラナリーが殴り飛ばされた。ハゲが纏っているのは全身鎧。拳も例外ではない。筋肉ダルマの鉄拳を顔に受けたラナリーは、吹き飛んで地面に転がった。

死んではいないが、ただでは済まない。

「ううぅ……。父さま、母さま、申し訳ありませんですぅ……」

殴られ、口から血を吐き、顔を腫らして、涙を流しながら、ラナリーは両親へ謝罪の言葉を口にしていた。

「この期に及んで親を頼るか。大臣に取り入るような腰抜けにはふさわしい姿だな！」

ハゲの言葉に反応して周囲の連中がニヤニヤしながら頷く。

最低の光景だ。

武力の重要性を否定する気はないが、私はこういうのは嫌いだ。

「なるほど。これは駄目だな」

「そのようじゃな。どうする？」

フィンディの問いかけに対して、私は簡潔に答える。

「ラナリーが可哀想《かわいそう》だ。魔術を解除して、彼らをどうにかしたい」

「同感じゃな。連中には本当の弱い者いじめというものを教えてやる必要があるのう」

「ほどほどに頼む。では、隠形を解除するぞ」

フィンディの返事を待たずに、私は隠形の術を解除した。

「な、なんだと！」

術の解除と同時に、ハゲ達が驚きながら武器を抜いて構えた。

それもそのはず、私とフィンディは屋敷の正門。彼らの目の前でずっと隠れていたのだ。脳筋派の連中には、私とフィンディが唐突に姿を現したように見えただろう。全員がすぐさま戦闘態勢に入ったのは流石だが、遅すぎるとしか言いようがない。

こちらには殺す機会ならいくらでもあった。向こうもそれは良くわかっているのだろう、全員の顔が恐怖に引きつっている。

「さて、お望み通り大森林の賢者が姿を現してやったぞ。それで、ラナリーを人質にしてどうするつもりじゃ？」

フィンディが杖を掲げながら、落ち着いた声音で言った。普段は決して聞くことのない冷たい喋り方だ。

間違いない、これはかなり怒っている。短い付き合いだが、ラナリーは良い子だったので、今の扱いはかなり頭に来たのだろう。

「こ、この娘は大臣と共謀して我が一族を窮地に追い込もうとしているのです。故に、これは仕方ない処置。ですから、ここは我々に任せて頂きたい」

「嘘を言うでない！　事情は全てリッティから聞いておる。お主ら、大国からの使者を拉致して何をするつもりじゃ！」

フィンディの叫びに呼応して、杖の宝玉から青い光が瞬く。なんらかの魔術を用意している証拠だ。死なない程度の威力だといいが。

杖の輝きを見て、ハゲも周りの者達も、間合いを詰めるタイミングを計っている。ここで降伏しないのは流石と言うべきか、向こう見ずと言うべきか。どちらかと言うと後者だ。

もう完全に話し合いをする空気ではない。正直、こうなる予感はかなり前からあった。フィンディと旅をすると昔からこういうことが非常に多い。

「グランク王国の使者殿は我らの役に立って頂く！」

「ほう、どのようにじゃ？」

「我らの役に立って頂くのだ！」

「すまない。具体的に言ってくれないか」

思わず口を挟んでしまった。この問答はカラルド王国では権威のあるフィンディに任せようと思っていたのだが、我慢できなかった。

「我らの役に立って頂くのだ！　そのための話し合いを我々はしていたのだ！」

「「うわぁ……」」

フィンディが私と同じ反応をした。

彼らは、なんのプランもなしに大国の使者を拉致ったらしい。

先ほどラナリーの言った「なんにも考えていません」は文字通りの意味だったのか……。

「あの大臣が来て以来、国の様子が変わってしまった！　今後の身の振り方を考えている最中に、大国からの使者が来たのだ！　何か使えると思ってもしょうがなかろう！」

「しょうがなくないわい！」

「ぐはぁっ！」

フィンディが怒りのツッコミと同時に、杖から青い光を放った。ハゲに当たって魔術の正体がわかった。ぶつかると強力な衝撃が発生する攻撃魔術だ。

光の速度は人間に反応できるものではなかったので、直撃だ。

ハゲはまっすぐ吹き飛んで、そのまま屋敷の正門に盛大に激突した。門は粉々だ、あれは痛い。

「ラインホルスト様！　大丈夫ですか!!」

ハゲの仲間が心配して近寄っていく。なるほど、あのハゲの名前はラインホルストと言うのか。似合わないな。ハゲーヌとかに改名した方がいいんじゃないだろうか。

そんな余計なことを考えていると、ようやく私はラナリーの治療を思いついた。

「そうだ。ラナリーを治療せねば。若い娘さんの顔に傷は良くない」

ラインホルスト氏になど構っている暇はない。殴り飛ばされたラナリーの治療をすべきだ。

私が一歩踏み出すと、脳筋派の面々がこちらに武器を向けてきた。リーダーが吹き飛ばされたのに、士気の高いことだ。

「フィンディ様はともかく、貴様のようなどこの馬の骨ともしれぬ輩を通すわけにはいかん！」

察するに、フィンディは怖いが私はそうではないと踏んだのだろう。

残念ながら、それは間違いだ。

「どきたまえ、脳筋諸君」

私の発言に反応した脳筋戦士が四人ほど、武器を手に襲いかかってきた。得物は剣か槍。魔物相手の実戦で鍛えたのだろう、それぞれ別方向から時間差を設けての見事な連携だ。

騎士らしく正々堂々と一対一ではなく、複数で攻撃を仕掛けてきた点は評価したい。正しい判断だ。

だが、残念ながら、無駄な行動としか言い様がない。

ゆっくりとラナリーの方に向かって歩きながら、私はその攻撃を全て受け入れた。

剣でのなぎ払いが二つ、槍での強烈な突きが続けて2発、私に直撃する。

「やったぞ！」

誰かの声が響くが、それは勘違いだ。

「な、なんだこれは！」

「防御障壁だ。見たことがないのか？」

四人の攻撃は全て私まで届いていない。

私を包み込むように生み出された球状の結界に攻撃を止められたのだ。

私の防御障壁は人間の攻撃程度ではびくともしない。剣で私を傷つけたいなら、神話時代の魔剣が必要だ。とりあえず、ちょこまか動かれると面倒なので、障壁の形を操作して武器を絡め取らせて貰う。

「馬鹿な！　杖も詠唱も無しにだと！」

「そういうことができる者もいるということだ。勉強になったな」

そう言って、彼らに向かって軽く手を振る。先ほどフィンディが使ったのと同じ魔術を使うべく、体内の魔力を運用。

手の振りに合わせて、青い光が四つ飛び出して、脳筋戦士達を吹き飛ばした。

「あばぁぁ！」

叫び声と共に、四人の脳筋戦士が吹き飛んだ。

鎧の部品とか体液とか色々撒《ま》き散らしながら飛んでいったが、死んではいないだろう。一応、手加減はしたつもりだ。

最悪、死んでしまっても仕方あるまい。向こうは殺すつもりで襲いかかってきたのだ。

「ラナリー、無事か」

「うぅ、バーツ様。ありがとうございますぅ」

「喋るな、口が切れている。今、治療する」

ラナリーに近づいて、治癒魔術の準備にかかる。顔が酷く腫れている上に、血もかなり出ている。あの殴られ方なら、歯が無くなっていたり、もっと悲惨なことになっていたりしそうなものだが、意外と軽傷だ。

「思ったよりも軽傷だな」

「ふへへ。殴られる前に跳んで、少し威力を殺したんですぅ」

「なるほど。たくましいことだ」

ラナリーは私の想像以上に強《したた》かな女性のようだ。これは評価を改める必要がある。

それでも怪我《けが》をしているのには変わらないので治癒魔術を行使した。四肢や内臓を再生するくらいの魔術も行使できるが、今回は治癒力を著しく高める普通のもので十分そうだ。

私の治癒魔術でラナリーの顔はすぐに元に戻った。

「すごいですぅ。もう傷が治りましたぁ」

「フィンディ。こちらは大丈夫だぞ」

「ご迷惑をおかけしましたぁ」

私達の声に、フィンディは無言で頷いた。

リーダーのハゲが倒され、私に襲いかかった四人が一瞬でやられたのを目撃した残りの脳筋派は微動だにしない。

勝ち目が無いのは明らかだ。彼らにとっては最悪の状況だろう。だが、最悪の選択をしてしまった結果なのだから仕方ない。

「さて、残ったお主らはどうする？　降伏するなら受け入れるぞ？」

フィンディの言葉に脳筋派の面々がゆっくりと武器を降ろしはじめる。流石に実力差はわかっているらしい。

このまま武装解除して使者を救出。彼らを王都に運んだ上で、一族全員を処罰しないように王に掛け合えば解決だろうか。

私が頭の中でそんな風に次の行動について考えていると、脳筋派の女性が唐突に叫び声を上げた。

「全員、よく考えろ！　このまま王都に連れて行かれても命はない！　ならばここで大賢者殿と一戦交えて華々しく散るのも一つの道ではないか！」

とんでもないことを言うね、この一族の人は。

しかも、あろうことか残りの連中が呼応して「最後に一華」とか「名誉の死」だとか言って、再び武器を構え始めた。もうやだこの人達。

「お主ら、よく考えた結論がそれで良いのか！　一族の命に関わるのじゃぞ！」

「それは覚悟の上！　いざ！」

「いや、いざ、じゃないだろう。というか、ここまでの流れを見て私達に勝てると思っているのか？　あるいはすごい切り札でもあるのか？」

「本当に、本当に申し訳ないですぅ。この人達、切り札とか考えてるわけじゃないですぅ……」

ラナリーが剣を抜きながら済まなそうに答えた。どうやら彼女も戦うつもりらしい。

「ええい！　ここまで話が通じないと厄介だな！　フィンディ！　殺さないように気をつけろよ！」

「善処はするが、自信がないのう。うっかり殺してしまいそうじゃ」

「フィンディ！」

「わかっておる。冗談じゃよ。こやつらを裁くのは王の仕事じゃ」

私の叫びに対して、フィンディはいじわるな笑みを浮かべて言った。これはかなり怒っている。

降伏勧告を無視されたのが良くなかったか。

「うぅ、お気遣いありがとうございますぅ」

ラナリーの感謝の言葉と共に、戦いが始まった。

◆　◆

当然ながら、戦いは私達が勝った。

ラナリーが言うには「指揮官のラインホルストさんが残っていれば降参したかもしれないです

う」とのことだ。あのハゲはこと戦闘なら判断力があるタイプだったらしい。

つまり、フィンディがうっかりあのハゲを最初に吹き飛ばしてしまったことで、余計な戦闘をしてしまったわけだ。いや、彼女が悪いわけではないが。

「さて、片付いたな」

「たわいもないのう……。というか、無策のまま、防御障壁を張ったバーツに斬りかかったのは凄いと思ったぞ……」

「すみません。そういう人達なんですぅ」

先程の戦いを見ていたはずの脳筋派だが、半分ほどがなんの策も無く、一斉に私に襲いかかってきた。防御障壁で絡めとって魔術で撃退したが、あまりにも無策すぎて私は戦慄した。どうやら、指揮官がいないと本当に駄目な方々らしい。

あっさり戦いを終えた私達は、脳筋派の面々の全滅を確認中だ。

念のため、魔力探知も行ったが、屋敷は例の見えない部屋以外は人の気配はない。どうやら、全戦力で私達の前に来たらしい。

「しかし、ラナリー。お主、強かったんじゃな。助かったぞ」

「一応、この人達と同じ一族ですからぁ」

剣を収めながら、ラナリーが照れた様子で言う。彼女は思った以上に手練《てだ》れだった。剣と魔術を巧みに使い、フィンディの盾となって複数の脳筋派の戦士の攻撃を華麗に受け流して見せた。運悪く拘束されてしまったが、流石は王と大臣の信頼する人材だ。

ちなみに、ラナリーの前に立った脳筋派は、全員フィンディの魔術で吹き飛ばされた。死んではいないものの私がやったのより傷が深い。

「さて、これからどうすれば良いかのう？」

「うーん。全員死んでないみたいですし、拘束して屋敷の部屋に放り込んでおきましょう。それで、使者様を助けて、フィンディ様達は王都に向かってください」

「ラナリー一人では危険ではないか？」

「できれば、この人達が簡単に起きないような魔術をかけて頂けると助かりますぅ」

「心得た、ワシが担当しよう」

フィンディが杖を掲げて魔術の準備を始めた。きっと強力な睡眠の魔術を行使するのだろう。永遠に眠らないか、ちょっと心配だ。

脳筋派の睡眠を確認した後、運ぶ必要もある。鎧を着ているし、脱力した人間は運びにくいだろうから、そちらも手伝うべきだろう。

「では、私は魔術で彼らを運ぼう」

「わぁ、助かりますぅ」

ラナリーは自分で運ぶつもりだったようだが、私の提案に素直に乗ってくれた。

作業は手早く行われた。

フィンディが魔術で眠らせ、私が飛行魔術の応用で彼らを浮かべて部屋に運びこむ。こっそりと、重傷の者は軽く治療しておいた。寝ている間に死なれては困る。

脳筋派を一番大きな部屋である会議室に閉じ込め、魔術でドアを閉じるまで1時間かからなかった。

そして我々は、使者のいると思われる部屋の前までやってきた。

魔術では見えなかった部屋。私が脳筋派を運んでいる間に、その扉の鍵をラナリーが見つけてくれたのだ。

「では、開きますねぇ」

「中に脳筋派の残党がいる可能性はあるか？」

「それならこれまでの騒ぎで出てきておるじゃろ」

「それもそうだな」

私が納得したのを見て、ラナリーが改めて口を開いた。

「では、改めて、開きますよぉー」

扉の向こうは、快適そうな客室だった。

室内に置かれた上等そうなソファに、子供が座っていた。

フィンディよりも更に小柄な少年。よく見ると耳が尖っており、子供にしては体つきがしっかりしている。

間違いない、ピット族と呼ばれる、小柄な種族だ。年齢も外見よりかなりいっているだろう。彼らは人間の倍以上の寿命がある。

しかし、ピット族が大国の使者とは……。あまりそういう活躍とは縁のない種族のはずだが。

私は戸惑いながら、ソファから降りてこちらに向かってくるピット族に質問をする。

「えっと、貴方がグランク王国の使者ですか？」

使者殿は笑顔で頷きながら、自身の身分と名前を口にする。

「その通りです。グランク王国からの使い、ピット族のピルンと申します」

9話「王城での対話」

ピット族は大人でも120センチ程度にしかならない非常に小柄な種族だ。

寿命は男女ともに200年くらいで、35歳で成人する。

魔術の素養は低いものの、非常にすばしっこく、隠れ潜むのが得意。温厚な種族だが、仲間のためなら命を惜しまない勇敢さを持っている。

その体格や性格などから、歴史の表舞台には出てこないし、何度かの大きな争いの中でかなり数を減らしてしまった種族である。


グランク王国の使者であるピルンはそのピット族だった。

見た目は茶色い癖毛の人懐っこい顔つきをした少年だ。低い背丈に対して、手足は意外にも太い。

それは彼が大人のピット族である証明だ。

大国の使者を任せられるということだから、とても優秀なのだろう。

「ピット族か。久しぶりに見たな」

「おお、同族に会ったことがあるのですか？」

彼は拘束されていなかった。窓には鉄格子が入っているし、入り口の扉の前に常に誰かがいればピット族程度なら大丈夫とでも思われていたのだろう。

ピルンの見た目だけで判断するならば、それで十分脱出不可能に思える。

しかし、ピット族は隠密《おんみつ》行動が得意な種族なので、簡単に抜け出せた可能性は高い。特に、特別な役職に上り詰めるような優秀な者ならば尚更だ。

「昔、ピット族と少しだけ縁があった。捕まっていたようだが、身体の方は大丈夫なようだな」

「乱暴な扱いは受けませんでした。この見た目で油断したのでしょう。監禁が長引いたら逃げ出すつもりでした」

「ほう、逃げおおせるつもりじゃったのか」

「戦うのは少々不利ですが、逃げることなら可能な相手でしたから」

「流石、大国の使者殿は違うな」

ピルンは涼しい顔でなかなかすごいことを言った。

今の台詞を脳筋派に聞かせたらどんな顔をするだろう。

命がけの行動が、実はいつ失敗してもおかしくなかったと思うと、少し気の毒になる。

「ところで、助けてくれた恩人二人のお名前を伺いたいのですが」

「これは失礼した。私はバーツ。冒険者をやっている者だ」

「ワシはフィンディ。同じく冒険者じゃ」

「フィンディ……。確か、この国に住む神世エルフと同じ名前ですね」

「本人じゃ」

「なんと！　それはそれは、恐れ多い方に助けて頂き、感謝の言葉もありません！」

平身低頭するピルン。腰の低い人だ。

大国の使者に名前を覚えられているとはやはりフィンディは有名である。私とは大違いだ。いや、別に名声が欲しいわけではないが。

「頭をあげるのじゃ、ピルンよ。今のワシはこちらのバーツと同じただの冒険者。身分で言えばお主の方が上じゃ」

偉そうな口調でそんなことを言っても説得力がない、と言いかけたがやめた。彼女はこの喋り方で相当の年月を過ごしているので修正不可能なのだ。

「おっとしまった。敬語を忘れていました」

慌てて私は敬語にする。魔王時代に少しだけピット族と過ごしたこともあってか、なんとなく馴れなれしい言葉遣いをしてしまった。

「いえ、わたしの方が身分が上などということはありませんから。命の恩人ですし。気安い方が楽です、敬語はやめてください」

「そうか。助かる」

本人がそう言ってくれるなら、ここでは敬語はやめておこう。国王の前などで切り替えれば良いだろう。

「わたしを捕まえた人達はどうなりましたか？」

「無謀にもワシらに戦いを挑んできたので返り討ちじゃ。殺しはしておらんがのう」

「下でラナリーという者が監視している。とりあえず、ピルンは私達と一緒に王城に向かって貰う」

「え？　すぐに王城で良いのですか？　下の人達が目覚めてしまうのでは？」

「ワシが魔術で眠らせた。一週間は目覚めんよ」

そして、目覚めても満足に身体は動かない。かなり強力な睡眠の魔術をかけていたし、怪我でボロボロだ。

なんにせよ、ピルンが王城に戻るのが再優先だ。大国の使者殿の不在の期間が長いほど、この国にとって不利益になる。早く状況が解決したことを国王と大臣に伝えるべきだろう。

「私達が魔術で城まで送る。この国にとって貴方が見つからないのは非常に不味いようだ」

「ああ、そうでしょうね。しかし、わたしをここに閉じ込めた人達はどうなるのでしょう？　手荒なことはされなかったのですが」

「ま、処刑じゃな」

「えっ……それはちょっと……」

「そう思うなら、国王陛下と大臣に口添えしてやってくれ」

どうやらピルンという人物は殺生を好まないらしい。平和主義のピット族らしくて安心した。ここで「皆殺しにしてください」とか言われたらどうしようと心配していたのだ。

ちなみに、実はラナリーも脳筋派の処刑は望んでいない。殴られたりしたが、深い考えあっての行動ではないこと、彼らが全滅すると国の戦力的に不味いことが主な理由だ。

私やフィンディからの減刑が聞き入れられれば、エティスと相談して処分を決めるつもりのようだ。

「わかりました。わたしは荷物もありませんから、すぐに送って頂けるなら助かります」

「安心せい。ワシとバーツの魔術でひとっ飛びじゃ」

「一応、ラナリーに話だけは通しておこう」

◆　◆

その後の流れは早かった。私達は魔術で王城まで移動。ピルンをエティスに引き渡した。

エティスはピルンに対して平謝りだったが、ピルンはあまり気にしていないようだ。

そこは大国の使者なんだから気にした上でなんらかの便宜を引き出すべきだろうと思うが、部外者の私が口を出すべきではないことだ。

王城にフィンディを残した上で、私は魔術でもう一度飛んだ。屋敷に一人残るラナリーと脳筋派の回収のためだ。

飛行魔術で二十人以上を運ぶのは面倒なので、フィンディに王城側に使い捨ての転移魔術陣を用意して貰った。一回きりしか使えない上に、出発側と移動先側の双方に術者が必要なので使い勝手の悪い魔術だが、そのおかげで悪用されにくいのが特徴だ。逆に今回のような場合には都合の良い魔術である。

術は無事に発動し、脳筋派の全員を王城に運びこむことに成功した。

こうして、私とフィンディはグランク王国の使者行方不明事件を即日解決したのだった。

朝、王城を出て、夕方には解決。我ながら見事なものだと思うが、頑張りすぎたかもしれない。

リッティとエティスが報告を聞いて驚いていた。

とはいえ、流石にこれから先はスピード解決とはいかない。この国の者達で色々と判断が必要な局面だ。

あまり政治と関係したくない私とフィンディは、昨日与えられたのと同じ部屋で寛いでいた。

のんびりお茶などを飲んで静かな時間を過ごしていると、部屋のドアがノックされた。

「どうぞ。鍵などはかけていない」

「失礼致します」

現れたのは、ピルンだった。

「む。ピルンではないか。こんなところに来て大丈夫なのか」

「お二人がこちらの部屋に滞在と聞き、改めてお礼をと思いまして」

「別に気にすることはないのじゃ。あれは冒険者としての仕事じゃよ」

「報酬も貰えたしな」

「そうは言っても命の恩人です。本当にありがとうございます」

深々と頭を下げるピルン。大分感謝されているようだが、私達は仕事を果たしただけだ。

それに、ピルン自身も自力で抜け出せると言っていた。ここまで感謝されるようなことではないだろう。

「先ほど、エティス様からフィンディ様とバーツ様が旅に出ることと、その理由を聞きました」

「ふむ。それがどうしたのじゃ？」

なるほど、本題はそちらか。旅立ちの理由は知られて困ることでもないし、大国の使者なら色々便宜を図ってくれそうなので、むしろ助かるかもしれない。

「わたしはこう見えてグランク王国の役人です。貴方がたに役立つお話ができるかもしれません」

「おおっ、それは助かるのじゃ！」

「うむ。私もグランク王国のことは知りたいと思っていた」

「良ければお話ししたいのですが、一つ、条件があります」

打って変わってピルンは神妙な顔になった。なんだろう、機密を漏らすなとかそういうレベルの話でもするつもりなのだろうか。

私はともかく大森林の賢者フィンディの名声は高い。フィンディの神世の知識と交換で重要情報を話すとか、そんなところだろうか。

「条件？　なんじゃ、いくらワシでも無理なものはあるぞ」

「いえ、バーツ様に質問があるのです」

「私に質問？　フィンディではなく？」

質問される理由が思い当たらなかった。私とピルンは今日が初対面。フィンディと違って有名人でもない私に対して、彼は何を聞こうと言うのか。

「はい。回答によっては、わたしの知る情報を全て開示しても良いと思っています」

「なん……じゃと……。おい、バーツ。いったい何を隠しておるんじゃ。使者がそんなことを言うなんて相当じゃぞ」

「私にも見当がつかない……」

頭を振りながら、私は言った。そのまま、私とフィンディは視線でピルンに言葉を促した。

さて、何を質問するつもりなのか。

「単刀直入にお聞きします。バーツ様、貴方は『北の魔王』ではありませんか？」

◆　　◆

室内が完全に沈黙した。

いや、危うく「何故わかった！」と叫びそうになったのだが、我慢した。表情も変えなかった。

ポーカーフェイスは得意だ。

しかし、この場合の沈黙というのは肯定ととられかねない。何か言わなければ。

「…………」

「……む。なんのことやらわからないな」

剣呑な目つきで沈黙するフィンディに対し、私は精一杯とぼけてみせた。

「バーツ様は北の魔王ではないかと聞いています。わたしの想像に間違いが無ければ……」

「ほう、ピット族というのは面白いことを言うのう……」

フィンディの目つきが怖い。「ここで消すか？」と言っている。いつの間にか杖も出している。

気持ちはわかるが、決断が早すぎる。もう少し話を聞いてからでも遅くないだろう。

「フィンディ、目が怖いぞ。あと杖をしまえ。……ピルン殿、何故そう思ったか教えてくれないか？」

「おお、これは失礼しました。フィンディ様も怖い顔はやめてください。別に害意があるわけではないのです」

「ふん。どうじゃか。いきなり人を魔王扱いなど……」

警戒を解かないフィンディに対して、頭を下げながら言うピルン。

本当に腰が低いな、この人。大国の使者なのに。

「ちゃんと御説明致します。かつて、わたし達ピット族は、バーツ様に救われた歴史があるのです」

「そんなことがあったかかな?」

記憶に無い。ピット族と過ごした記憶はあるが、そこまで大それたことをしたつもりはない。

「お忘れですか……。いえ、バーツ様にとっては些細なことだったのかもしれません。しかし、ピット族にとってはとてもとても大切な出来事だったのです」

「面白い。そこに座って聞かせてくれんか? ワシが茶を準備する。そこのテーブルじゃ」

興味がわいたらしく、態度を軟化させたフィンディが茶の用意を始めた。

「大森林の賢者にお茶の用意をして頂けるとは……。光栄です」

安堵の表情でテーブルに向かうピルン。同時に私も安堵した。どうやら、今すぐ物騒なことになる心配はなさそうだ。

ちなみに、彼女のお茶を断った者は、何故か大体不幸になるので、ピルンが逃げ出したりしなくて良かったとも思う。

「なかなか面白そうな話が聞けそうで楽しみじゃ。詳しく教えてくれんかのう」

「はい。それは……450年程前のことでした……」

フィンディが手ずから淹《い》れたお茶のカップに口をつけながら、ピルンが話を始めた。

内容は以下のようなものだった。

500年前の戦争の後、力の時代がやってきた。強いものが支配する、弱者に厳しい時代だ。

戦う力の少ないピット族は全滅寸前だった。

最後の生き残りであるピルンの祖先達は、海を渡り、北の大陸に逃れ、更に北へ。最終的に北の果てにある魔王山脈に到達した。

あまりに険しい山に絶望したピット族だが、幸いなことに、魔王山脈の南側には人がいなかったので居住を試みることにした。

しかし、北の果ては辛《つら》い場所だ。冬が近づくにつれて生活は厳しくなる。彼らはこの地に到達するのが少し遅すぎた。冬への蓄えが十分できなかったのだ。

冬が本番になり、寒さが厳しくなり、種族の全滅が徐々に近づいてきた。

ピット族が全滅を覚悟した時である。

魔王山脈の向こうから『北の魔王』が飛んできたのだ。

「そして、バーツ様はわたし達ピット族を魔王城に招いてくださったのです」

「ああ、そんなこともあったな。魔王山脈までやってきたピット族が全滅しそうだと配下が報告してきたので、様子を見るついでに助けたんだ」

ピット族を救った理由は同情もあったが、それ以上に労働力の確保が目的だった。

当時は配下の数があまりにも少なかったのだ。

「わたし達ピット族は、150年程、魔王城でお世話になりました。そして、数がある程度増えた段階で、外の世界に偵察に行った者などからの報告を聞いて、城を出たのです」

「ふむ。一族全員で引っ越したのか。なんでじゃ？」

「魔王城よりも良い土地を、魔族の方が見つけてくれたのです。そして、魔王様が問答無用で移住させたと聞いております」

フィンディがこちらに話を促す。今更だが、話の流れで私が北の魔王であることを肯定している気がする。

まあ、いいか。どうやらピルンは私達に害意が無いようだし。万が一、そういう素振りを見せたらフィンディに記憶でも消して貰おう。

「ピット族は魔族ではない。ずっと魔王城にいると、勇者が現れた時の戦争に巻き込まれたりする可能性があるだろう。それに、戦う力も弱いのに魔族扱いされて迫害されたりしたら不味いと思ったのだ……」

あと、思ったよりもピット族の数が増えて手狭になったというのもある。魔族の城なのかピット族の城なのかわからなくなりかけていたのだ。

「そのお答え。やはりバーツ様が魔王様なのですね。そして、わたしの思った通りでした！　北の魔王様は私達のことを考えて移住させたのだと！」

　ピルンは椅子から立ち上がり、ひれ伏して感動していた。

　もしかして、ピット族の中で移住の理由について議論でもあったのかもしれない。全部こちらの都合だから好きに言ってくれて構わないのだが。

「今更じゃが、魔王じゃったと認めて良いのか？」

「こちらに害を与える気はなさそうに見える。ピット族を知らないわけでもないしな」

　ひれ伏すピルンを見ながら私は言う。このように、一度受けた義理を忘れないのがピット族だ。戦闘力は期待できないが、信頼のできる相手である。

「ところで、お主はなんでバーツが魔王だとわかったのじゃ？」

「これです！」

　ピルンは懐から勢い良く一枚の紙を取り出した。

　そこには、１００倍くらい美化された私が描かれていた。なんか、妙に爽やかな感じの美形だ。

　これはお前の肖像画だ、と言われたら私は首を横に振る出来栄えだ。ピルンはどういう想像で、これから私の素性を推測したのだろうか。

「我らピット族は、いつ魔王様に会っても間違えぬように、常にこの肖像画を携帯しているのです！　一目見た時から確信しておりました！」

「これ、私に似てるのか……」

「実物の方が素晴らしいと思います！　ああ、なんと光栄な！　大国で頑張って役人をして来た甲斐がありました！　我らの救世主に会えるとは！」

「そ、そうか。私も嬉しいぞ」

信じられないくらい喜んでいるので、そうとしか答えられない。

フィンディの方は何やら肖像画を物凄い不可解な物を見るような目で凝視している。気持ちはよくわかる。

「魔王様、このピルン。いえ、ピット族一同、貴方の配下です。どうか、お役立てください」

再びひれ伏しながら、ピルンが言った。

気持ちはわかるが、今の私は配下が必要な立場にないのが問題だ。

「あー、それなんだがな、ピルンよ。実は私は、もう魔王ではないんだ」

「は？　それはどういう？」

「今度はこちらが説明する番じゃな」

面白い話をしてくれた礼とばかりに、フィンディが私の境遇について説明を始めた。話の流れで、この世界の魔王と勇者の関係にも触れていた。世界の根幹に関わる情報なので、おいそれと話さないはずなのだが、サービスだろうか。

「つまり、こやつはもう魔王ではなく、元魔王。ただのパーツになったということじゃ」

「なるほど。そのようなことが……」

「うむ。だから元魔王の私に忠誠を誓うことはない。旅に出る理由も、個人的な感傷だからな」

「ふむ……ふむ……。決めました」

私の言葉を噛みしめるように、頷きながら聞いていたピルンは何かを決めたらしい。

「何を決めたのだ？」

「わたしをバーツ様とフィンディ様の旅に同行させてください！」

ピルンは土下座した。

わけがわからない。むしろ、彼が諦めて帰る流れだったはずだが。

「な、なんでだ。私はもう魔王ではないぞ？」

「わたし達ピット族を救ってくださったのは北の魔王バーツ様です。故に、この忠誠は、正体のわからない新しい魔王ではなく、貴方に向けられるべきかと」

「あー確かにのう。普通の魔王じゃったらピット族など見殺しにしとるからな。こやつの情け深さのおかげじゃな」

「そういう考え方もあるのか……」

フィンディの言葉もあり、ちょっと納得してしまった。確かに、他の魔王なら見殺しにしていたと思う。

「話を聞いて、是非同行させて頂きたく思いました。こう見えて、大国の役人として大陸中を飛び回っております。ピット族の中で最も貴方がたのお役に立つ男かと」

「ふむ……しかしな、危険が……」

私は新しい魔王を探す。場合によっては、新魔王やかつての配下と戦うこともあるだろう。そこにピット族を連れて行くのはいかがなものか。

「よし、同行を許可するのじゃ！」

「フィンディ！」

警告しようとした私に対して、勝手に許可を出したフィンディは悪びれもせずに言う。

「こやつはきっと断ってもついてくるじゃろ。それに、ワシらが今の世界に疎いのも事実。案内役として最適じゃろう」

「確かにそうだが……」

「お役に立たないと判断したらすぐに切り捨て頂いて結構です！」

渋る私に対して、ピルンは更にアピールしてくる。2対1、状況は私が不利だ。それに、フィンディの言うことも一理ある。

大国グランク王国の使者まで務めるピット族のピルン。現在の世界に関する知識は、間違いなく私とフィンディよりも豊富だ。

「……ピルンよ。お前の仕事は大丈夫なのか？」

「ご心配なく。この国で仕事を果たした後は、のんびり母国に帰る予定でした」

どうやら仕事は終えていたらしい。あまり好きな言葉ではないが、これも運命と言うべきか。

「わかった。同行を許そう。ただし……」

「はい！　足手まといになったらすぐに見捨ててください！」

「私はそんなことはしない。危険だと思った場所には連れて行かない。そこは了承してくれ」

自分の命を粗末にする者は、私の配下にいらない。魔王になった時に決めたことだ。

その方針は、今後も継続していこうと思う。

私のそんな気持ちを盛り込んだ提案に対して、ピルンは満面の笑みで答えた。

「……はい。喜んで！　わたしはお二人にできる限りの奉公を致します」

こうして、魔王を引退したはずの私に、配下ができたのだった。

10話「本当の旅立ち」

結局、私達は3日程、城に留まった。

これは同行を許したピルンが出国するまでに必要な時間と、パンジャン家に対する処罰にかかった時間だ。

パンジャン家への処罰は思ったより早く、私達が脳筋派を引き渡した2日後に決まった。

国王リッティからの正式な沙汰《さた》があった日、ラナリーが部屋にやってきて説明してくれた。

私はお茶を準備し、フィンディと共に話を聞いた。

ラナリーは笑顔だった。

「おかげさまで、一族全滅は免れましたですぅ」

「ほう。一族全滅は免れたのか。それは良かったな」

「それもこれもお二人が陛下とエティス様に働き掛けてくれたおかげですぅ」

ラナリーは、泣き笑いでペコペコと頭を下げてきた。どうやら、私達の口添えが役に立ったらしい。国王達と食事をした時にちょっと頼んでおいたのだが、上手くいって良かった。

「本当に、感謝の言葉もありませんですぅ」

「気にするでない。お主がうっかり処刑されたりすれば、ワシらも寝覚めが悪いじゃろうが。それで、例の脳筋派はどうなったのじゃ？」

ラナリーを始めとして、ピルンの拉致に関わっていない者はお咎め無しだが、実行犯のラインホルスト一派はなんらかの処罰が決まったそうだ。

一体、どんな裁きが下ったのだろうか。やはり処刑だろうか？

「ラインホルスト達は、貴族としての立場を剝奪《はくだつ》した上で、大森林の狩人になるように命じられましたぁ」

「それは、罰なのか？」

「一般的にはかなり重い罰じゃな。ワシが育てておいてなんだが、大森林は危険な魔物がウヨウヨいる場所じゃ。そこでの狩人は採取や魔物退治で生計をたてるのじゃが。ま、割にあわん。死ねと言われているようなものじゃ」

フィンディがそう言うなら間違いない。しかし、あの戦闘大好きな人々なら喜んで狩人に堕《お》ちてくれそうな気がするのだが。

「なるほど。普通ならば死ねと言われているようなものだな。しかし、彼らは……」

「お察しの通り、喜んで受け入れていましたぁ」

「やはりか……」

脳筋派の連中はすごい。想像通りなのが、想像以上だ。

「この国としてそれで良いのか？　もっと厳しい罰を与えた方が良いように思えるのじゃが」

「あの人達は考えが足りないだけで、戦力としては王国最強クラスなんですぅ。だから、いざという時に使えるようにしておく必要があるんですぅ」

「それで今回の処置か。しかし、貴族の地位を失うなど、恨まれると思うのだが」

「大丈夫ですぅ。むしろ陛下に感謝していましたぁ。元々、貴族に向いてない人達でしたからぁ」

普通なら処刑されても文句が言えないところに、慈悲ある裁き。その上、ずっと戦闘し続けられる環境まで用意してくれたと大喜びらしい。

どうやら彼らは脳筋ではなく、戦闘狂だったようだ。

私達が物凄く強くて良かった。普通に国の騎士団や冒険者が動いた場合、かなり厄介なことになったに違いない。

「以上が、今回の件についての報告ですぅ。他に何かありますかぁ？」

「ピルン……使者殿はそれで納得していたのか？」

「はい。驚くほどあっさりと受け入れてくれましたぁ。もっとゴネるかと思ったんですがぁ」

それはそうだ。ピルンにとって目下最大の問題は、自身の立場が私達の出発を遅らせていることだろう。それに比べれば、脳筋派のことなど些末事に違いない。実際、毎日頭を下げに来る。

「ラナリー、お主はどうなるのじゃ？　一応、ワシらに協力したのじゃから褒章でもあったか？」

「おかげさまで出世できそうですぅ。ただ……」

「ただ？」

「ラインホルスト達の監視役も仕事のうちにされそうですぅ。うぅ、頻繁に大森林に行くのは辛いですよぅ」

これは元同族で、彼らの扱いを知っている彼女が適任という判断だろう。ラナリーはかなり強いので、大森林で戦う脳筋派と共に行動できる点も大きそうだ。有事の際には、狩人から兵士となった脳筋派を率いる彼女の姿が目に浮かぶ。

「そうか。出世おめでとう。偉くなれば、責任も増えるものだ」

「ぶっちゃけワシら、関係ないからのう。大森林は危険じゃから気をつけるのじゃぞ」

「うぅ、気をつけるようにしますぅ」

ラナリーには悪いが、これから旅立つ我々にはどうしようもない話だ。今後の活躍をお祈りするしか無い。

それはそれとして、私はラナリーに聞きたいことがあった。

「……なあ、ラナリー。今回の件はどこまでが君の想定通りだったんだ？」

「……なんのことですかぁ？」

私の質問に疑問符で返すラナリー。フィンディは横で静かに茶を飲んでいる。驚いていないところを見ると、このくらいの想像は巡らせていたのだろう。

「君は留学までしている才女だ。短い付き合いだが優秀さはわかる。今回の件の犯人と落とし所くらい、見当をつけていたのではないか？」

「そもそもワシらが来なければ、お主が中心になって事に当たる予定だったのじゃろう。その程度はできる人間なのじゃろ？」

「………………」

しばらく無言だったラナリーだが、観念したようで、話し始めた。

「えっとぉ、実は想定外の最高の結果ですぅ。王国の戦力は落とさずに、脳筋派の皆さんはいい具合に政治に口出しできない立場になりましたからぁ」

「想定だとどうなっておったのじゃ？」

「最悪は、私を含めてパンジャン家は全員処刑ですぅ。でも、できれば脳筋派と偉い人が責任を取るくらいで済ませたいと思ってましたぁ」

「なかなか怖いことを言うな、君は。国のために一族全てを投げ出す覚悟だったのか……」

しかも、自分も含まれてるし。命は大事にした方がいい。

「私が忠誠を誓っているのは一族ではなく、リッティ陛下とエティス様ですからぁ。今回の件ならば、そのくらいの覚悟で臨みますよぉ。それで国が救われるなら安いものですぅ」

ピルンは大国の使者だ。死なせたら、ただでは済まない。彼女は自身の全てを賭けて任務に臨んでいたのだ。

ラナリー・パンジャン。

口調はふわふわしているが、国王と大臣の信頼通りの忠誠心を持つ立派な人物である。

「見事な忠義じゃ、ラナリー」

「えへへ。光栄ですぅ」

私の代わりに、フィンディがラナリーを称賛してくれた。この国の人間ならば、これが一番良いだろう。

その後、少し歓談したあと、どうせ近くだからと、フィンディの家をラナリーがたまに様子を見に行くことに決まった。

内部は魔術で保存されているので気にしなくていいが、念のためだ。

また、フィンディがいくつか魔術の品をラナリーに贈った。大森林で死なないための用心らしい。

フィンディのポケットには魔術具を詰め込んだ倉庫がある。神世時代の強力な装備も多いので、私もちょっと欲しいくらいだ。

◆

◆

ラナリーとのこのやり取りをした翌日、ピルンから「出立可能」の報告を受けて、ついに私達は旅立つことにした。

出発の日。私達は以前と同じく裏門に集まった。

見送りは国王リッティと大臣エティス。ラナリーはいない。早くも大森林に向かったとのことだ。出発の準備に手間取っているのか、ピルンだけがまだ来ない。彼は荷造りもできていなかったようなので、仕方ないだろう。

ピット族の登場を待っていると、エティスが私に話しかけてきた。

「バーツ様。本当にお世話になりました。心よりお礼申し上げます」

「なに、仕事をしただけですよ。冒険者としてのね」

「そうでしたね。陛下からの報酬も弾んでいます」

笑みを浮かべながら言うエティス。今回の件は私達の冒険者としての初仕事なので、しっかり報酬は貰っている。しばらく路銀には困らないはずだ。

私とエティスが話している向こうでは、リッティがフィンディに別れを告げていた。

フィンディはともかく、リッティの方は大分感傷的になっている様子だ。

「あちらは長引きそうですね」

「仕方ありません、生まれた時からの付き合いですから。陛下はフィンディ様を大分頼りにしていますし」

「これからは、エティス様が頼りにされる番ですね」

「やめてください。それと、私相手に敬語は不要です。陛下から貴方はフィンディ様と同格の扱いをするよう言われていますから」

「む。そうか、そんなところまで気を遣わなくても良いのだが」

いきなり大層な扱いをされてしまうというのも戸惑う。敬語は慣れていないのでかなり助かるので、その通りにさせて貰うが。

「私は大臣ですから。気を遣うのが仕事です」

「それもそうか。ピルンの方もそろそろ来るはずだが」

「出国までの手続きを無理に早めましたので、準備がまだでしたからね。まさか、お二人と一緒に出発したいと言うとは思いませんでした」

「彼なりの事情というやつだ」

「ある意味安心です。お二人と一緒なら、絶対安全でしょう」

「買いかぶり過ぎだよ。私達とて万能ではない。そうだ、一つ聞きたいのだが」

先日のラナリーと同じく、私はエティスにも聞いておきたいことがあったのを思い出した。

「なんでしょう?」

「どうして私を魔族だと思ったのだ?」

出発前、手紙を渡す時にエティスは「まあ、久しぶりに人里に降りてきた魔族の方へのアドバイスのようなものです」と言っていた。

私は自分が魔族だと言ったことは一度も無い。

何を基準に彼女が私を魔族だと判断したのか興味があったのだ。

「長命な種族のようですが、エルフには見えなかったので推測できました。それと、グランク王国では魔族の国民が珍しくありません。バーツ様はなんと言うか、その、雰囲気がその人達に似ていました」

「そうか。確かにエルフには見えないだろうからな」

500年以上生きる種族は多くない。私の外見はどう見てもエルフではないので、推測は容易だったわけだ。魔族と気づくと警戒する相手もいるだろうから、年月の表現は今後気をつけよう。

しかし、雰囲気で魔族に見えたというのは意外だった。私にはわからないが、500年も魔族と暮らせば、自然とそうなるものかもしれない。

「なるほど、勉強になった。……って、魔族の国民だと、それは本当か？」

「？　本当ですよ。それどころか、国王の妻の一人は魔族です。だからこそ、魔族を受け入れやすい風土なのです」

驚く私に対して、何を当たり前のことを、という態度でエティスは答えた。

信じがたい話だ。人間と魔族は敵同士。一部の特殊な個体が人間の国家で身分を得ることはある。だが、国王の妻になり、珍しくない数の魔族が国民になるなど、聞いたことがない。

「なんと……人間の国でそんなことが……。あれだけの戦いがあったのに」

「バーツ様にとっては500年前がつい先日でも、私達にとっては遠い昔ですから……」

500年。私にとっては短いが、人間ならば過去となるに十分な時間だということか。それでも、魔族を妻としたグランク王国の国王は只者《ただもの》ではない。私の知るこの世界の歴史上、あり得なかったことをやり遂げている。

「国王自らが魔族を娶《めと》る国、グランク王国か。俄然、興味が湧いてきた」

「とても良い国です。きっとバーツ様も気に入るかと」

「ああ、楽しみだ。旅立つ前に良い情報を得た、感謝する」

私が思わず右手を出すと、エティスも笑顔で握手をしてくれた。

魔王城から放り出されて一週間も経っていないが、非常に良い経験をした。

私とエティスが話している間に、フィンディの挨拶も終わったらしい。

ため息をつきながら、フィンディがやってきた。

「ふぅ、これは旅に出て正解だったかもしれんのう。リッティの奴はワシを頼りすぎだ」

「生まれた時からいた人との別れだ、多少は勘弁してやれ」

「そうだのう。たまには手紙でも書いてやることにしようかのう」

フィンディのその言葉を聞いて、リッティが即座に反応した。

「聞きましたよフィンディ！　バーツ殿！　たまに手紙を書かせてくださいい！」

「し、承知した。任されよ」

物凄い必死だったので頷くしか無かった。フィンディが面倒くさそうな顔をしていたが、これも仕事だと思って、たまに手紙を書いて貰うことにしよう。

「あれ、大丈夫なのか？」

「数日落ち込むでしょうが、まあ、なんとか……」

この国の大臣はこれからも大変そうだ。優秀な彼女なら国王と協力して国を盛り上げていくだろう。

別れの挨拶を済ませたところで、ようやくピルンがやってきた。彼は自分の身体くらいある、巨大なリュックを背負っていた。見た目に反して、まるで重そうに見えない。旅慣れているのだろう。

そういえば、ピルンがお供を連れているという話は聞いていない。リュック一つで各地を回っていたのだろうか。だとすれば、身軽にも程がある大国の使者だ。今度、その辺りについて聞いてみよう。

「お待たせしました。色々と手続きがありまして、遅くなってしまいました」

「気にするでない。身分があると大変なものじゃ。じゃが、ようやく、これで旅立ちじゃな」

「うむ。以前と同じように裏口からな」

「お望みなら、正門から盛大に送り出しますよ！」

「いや、遠慮しておきます」

「ワシは嫌じゃと何度も言っておろうが」

「わたしも何もなく盛大に送り出されるのはちょっと困りますね……」

国王が笑顔で提案したが、私達は全員一斉にノーを突きつけた。国王はちょっと落ち込んだ。

「次に来る使者については追って本国から連絡があると思います。それをお待ち下さい」

「二人共、次に来る時は子供の一人もこさえておくんじゃぞ」

「国王リッティ、大臣エティス。本当に世話になった。ここから旅立てるのを嬉しく思う」

三人でそれぞれ好き勝手言って、手を振りながら、出発する。フィンディの発言に、エティスが怒っていたが気にもとめない。ちょっとした置き土産のようなものだ。

門を出れば、街の中だが、旅の空だ。

目指すはグランク王国。そこに向かうまでに、魔王城についての情報は入ってくるだろうか。

何はともあれ、私のかつての配下を探す旅が、ようやく始まった。

閑話「双子の国へ向かう途中」

「どうです、良いお店でしょう」

「流石はピルンじゃ。良いところを知っておるのう」

「本当に変わるものだな、昔は海辺と言っても都市から離れていれば寂しいものだったが」

私とフィンディ、そして旅の仲間として加わったピルンの三人は、とある港街で休憩をとっていた。

大森林の国カラルドを飛行魔術で飛び出した私達は、街道を見失わないように気をつけつつ移動した。通常なら10日はかかる行程を1日で消化して、隣の国である双子の国エリンへ入った。

そのまま勢いでエリンの王都まで飛んでも良かったのだが、休憩と情報整理のために適当な街に立ち寄ることにしたのだった。

私達はピルンのオススメの店で食事をとりながら話している。

海の見える、石造りの小洒落《こじゃれ》た作りの食事処だ。美的センスのイマイチな私ですら「洒落ている」と思わせるこの店は、グランク王国によくあるレストランというタイプの店舗らしい。

窓には高価なガラスが使われ、店内は明るい。こういった店で海を見ながら海の幸を食すとは、なるほど、贅沢だ。

「この店も相当によくできているが、街の方も大分栄えていたな」

私の知る時代だと、どの国も王都と主要な街道が交わる街でなければ寂しいものだった。

実際、この店のある街も、かつては寂れた漁村だったはずだ。しかし、今ではそれなりの規模に発展し、毎日新鮮な魚や加工品を近隣に届けているらしい。

更に、人々が海で泳いだり、身体を休めにきたりする観光地にもなっているという。

人間が増えると、色々と面白い変化が起きるものだ。

「東のグランク王国から、どんどん文化が西に輸出されていますからね。それに伴い街道が広くなって治安が良くなり、経済も活発になった結果です」

「カラルドは本当に田舎だったんじゃのう。この街ですら王都のオアシスよりも活気があるのじゃ」

「確かに……」

フィンディの言う通り、街の広さはともかく活気だけならこの港街の方が上だ。

「わたしとしては、お二人の方が驚きですよ。飛行魔術で移動するのは体験済みでしたが、まさか食事を必要としないとは……」

「必要としないわけではないぞ。ワシはちゃんと食べる」

「む、私も美味しい食事は好きだ。別に食べなくてもいいが」

三人で旅立って最初に問題になったのは食事についてだった。

この街に立ち寄る前にピルンが食料のことで私達に相談した。移動速度が早いので、どの程度の食料を持てば良いか悩んだらしい。

私とフィンディの回答は「食料はほぼ持っていないのでわからない」だった。

神世エルフのフィンディは水と野菜や果物、簡易な食料を少し持てば、一週間は余裕で行動できる。

他の種族と比べて高い能力を誇るだけでなく、非常に燃費の良い種族なのだ。

そして、私はというと、食事をしなくても大丈夫だ。

以前、一月ほど飲まず食わずでいたが、なんの問題もなかった。

自分自身がどんな種族かわからないが、どうやらそういう存在らしいのだ、私は。

食べなくても生きられるが、味覚はあるので食事は大好きである。

それらをピルンに伝えると彼は大層驚いていた。ピット族は普段は3食。多ければ1日4食食べるそうだ。

その話の流れで、私達は食事の必要性は薄いが美味しいものは好きだと言うと、オススメの店があるとピルンが言ったのもあり、休憩場所にこの港町が選ばれたのである。

「ご注文はどうしますか？」

「ピルンのオススメで頼む。何がいいのかわからん」

「ワシもそれで良いのじゃ」

「承知致しました」

ピルンが給仕に注文する。聞き覚えのない料理の名前だったので、何が出てくるかはお楽しみだ。

「さて、料理が来るまでに少し確認をして良いでしょうか。バーツ様の昔の配下のことです」

「ああ、頼む」

給仕が置いていった水に口をつけながら、ピルンが声を落として話し始めた。

私の目的、新魔王及び元配下の捜索。その件について、落ち着いて話すのもここに立ち寄った目的だった。

「今の所、わたしにその方面の情報はありません」

「当然じゃろう。バーツが魔王をクビになってまだ一週間じゃ。魔王復活の情報が流れてくるには早過ぎる」

まあ、話し合うと言っても現状確認程度しかできないのはわかっていたことだ。

私が魔王をクビになってからの期間が短すぎる。別の大陸に魔王が拠点を構えた可能性などを考えれば、海を超えて情報が渡ってくるのを待たねばならない。それらしい情報を得られるまでもう少しかかるはずだ。

「仰《おっしゃ》る通りです。ですが、緊急事態が起きていればわたしに本国から連絡が入るはずです。今の所それもありません」

「つまり、グランク王国でも事態を把握していないということか？」

「はい。魔王についての情報は何もないと考えて良いでしょう。あと、カラルドにいる間に本国に魔術で連絡を取りました。恐らく、双子の国にいる間になんらかの連絡があるはずです」

既に私のための情報収集を開始していたとは流石は大国の使者だけはある。なんとなくノリで同行を許可した節があるのだが、思った以上に力になってくれそうで頼もしい。

「ふむ。本国にはどんなことを聞いたのじゃ？」

「大森林の賢者が魔族について心配していた。何か情報はあるか、と。失礼ながら、フィンディ様の名前を使わせて頂きました。神世エルフの言葉が最も説得力があると思いまして」

「まあ、よかろう。嘘ではないしな」

「ピルン、次にフィンディの名前を使う時は事前に報告してくれると嬉しい」

「はっ、肝に銘じます」

ピルンの行動が少し先走っていたので一応注意だけしておく。まあ、今回は事後承諾でも構わない内容だったが、他人の名前を勝手に使うことは控えて貰った方が良いだろう。

「この街でも少し情報を集めてみたが、魔王の噂はまるで無かったな」

レストランに来る前に冒険者ギルドなどで話を聞いたが実に平和なものだった。この近隣で物騒な事態は起きていないようだ。

「じゃが、油断は禁物じゃぞ。現にバーツがこうなっているのじゃからな」

「そう言われると、緊張感がありますね」

「まあ、なんとかなるんじゃないか？」

「お主は緊張感無さすぎじゃっ！」

フィンディは怒るが、魔王が派手に動くタイプならとっくに何かしていると思う。それがないということは、魔王はまだ裏で準備でもしているということだ。

……なんか、考えてみると、そちらの方が厄介な気がしてきた。できるだけ早く、尻尾くらい摑みたいものだ。

私達がまだ見ぬ魔王について話している間に、料理が来た。

目の前に皿が並べられる。

ライスとスープ、そしてメインとして皿の上に乗っていたのは見慣れない海老の料理だ。

それが海老とわかるのは尻尾が見えているからである。尻尾以外の部分は茶色い物体に包まれていてわからない。

恐らく、頭や殻をとってなんらかの処理をした料理だろう。その上には白いソースが乗っている。

見慣れない料理を見て、フィンディが質問した。

「ふむ。この料理はなんと言うものじゃ？」

「エビフライと言います。グランク国王が若い頃に考案した料理で、グランク王国の海沿いでは定番になっています」

「フライ？　そうか、これは、油で海老を揚げているのか。贅沢だな……」

海老を何かで包んで揚げたのだろう。不思議な料理だ。しかし、油なんて貴重品をふんだんに使うとは。ピルンの奴もなかなか高い店を紹介するものだ。

「王国では魔術を使って色々と大量生産をしていますので、油も昔ほど高級品ではないのですよ」

「うぅむ。聞けば聞くほどすごい所だな」

どうやら、私の知識は古いらしい。しかし、料理一つ見ても、グランク王国というのは、世の中に想像以上の変化をもたらしているように思える。

「ワシが行きたくなるのもわかるじゃろう」

フィンディの言葉に頷きながら、私はフォークをエビフライに突き刺し、口に運んだ。

食べた瞬間、口内にかつてない味が広がった。

油で揚げた海老を包み込む部分の小気味よい食感、かかっているソースの酸味の効いた濃厚さ、そして海老の味。

なんだこれは、初めて食べる美味さだ。

「美味い！　なんという……ここ５００年で一番美味いものを食べたかもしれん」

「お口に合ったようで何よりです」

「ふむ。なかなかじゃな……」

控えめな感想を言いながらむしゃむしゃ食べるフィンディ。どうやら彼女も気に入ったようだ。

「ピルン……」

「なんでしょう、バーツ様」

「これからの旅先でも、こういう店はあるのか？」

「まあ、それなりに。グランク王国につけば、もっとありますよ」

「そうか……楽しみだ。情報収集の合間に案内してくれ」

「喜んで」

「ワシを置いてくでないぞ」

思わぬ旅の楽しみを見つけてしまった。食事に対する興味の薄かった私だが、こんな体験ができるなら積極的に美味しいものを食べて行きたい。

魔王の問題が片付いたら食べ歩きの旅をして生きるのも悪く無い。この食事は、私の今後についてそんな思いを抱かせるくらいの良い経験だった。

そのまま私達はほぼ無言で食事に集中した。

そして、食後のお茶を楽しみながら、これから訪れる場所について話し合うことにした。

「既にエリンの国に入っているが、この国の名前は５００年前と変わらないな」

「そうじゃな。たまに危うい時はあったが、概《おおむ》ね安定しておる」

「隣国のラエリンと王都が同じ位置にあるから戦争しにくいですしね。それに、周りに進出してくるような大国も無かったですし」

双子の国、エリンとラエリンは歴史の古い国だ。

元はエリンという一つの国で、土地と君主と運に恵まれたおかげか、平和な上に比較的豊かな国として運営されていた。

そんな中、ある時、王の子供に双子の王子が生まれた。王は二人の王子を平等に扱い、王子達は仲良く育ったという。

大抵の話ならこの後、王位を争って悲惨なことになるものだが、エリンの国は違った。

王子達はそのまま仲良く成長し、王が退位する際に国が二つに分けられたのだ。

上の王子がエリンの名で国土の西側を、下の王子がラエリンの名で国土の東側を支配することになった。

王都は共に同じ場所に設置し、二人の王子はその後も仲良く、それぞれの国を統治したという。

５００年前、旅で訪れた時には既に伝説になっていた話である。

フィンディが言うには事実らしい。本当に、あり得ないくらい偶然が重なって、上手いこと国を二つに分けたそうだ。

現代においてもこの二国は、王都を実質的に共用しながら国家運営しているというのだから驚きだ。

ちなみにピルンによると「戦争で国を統一するメリットよりも経済で盛り上がるメリットの方が

大きいので、そのままだったようです」とのことだ。そういうものか。

「不思議な由来の国ですが。わたしがこの前訪れた時も平和なものでした。ラエリンの姫君とエリンの王子の恋物語などが流行していましたよ」

「ほう、どんな話じゃ？」

フィンディが食いついた。彼女は意外とこういう話が好きだ。

「よくある話です。ラエリンの姫君に一目惚れしたエリンの第三王子がこっそり国境を越えて求愛して、姫君の心を射止めたとか」

ラエリンの姫君というのが王位継承に関係ないくらいの遠縁だったのもあり、順調に婚姻の話が進んでいるそうだ。第三王子は王位を諦め、結婚後は共に領地を貰って暮らす予定らしい。

「もしかしたら、王都についたら結婚の祭りでもしているかもしれません」

「そうか。それは楽しみじゃな」

「戦争状態より余程いいな。うむ、王都についたら、ピルンの本国からの情報を待ちながら、観光でもするとしよう」

一応、情報収集もするつもりではあるが、多少羽を伸ばすくらい許されるだろう。

「はっ、仰せのままに」

「そんな大げさにしなくてもいいんだが……」

今の私はもう偉くないのだが。ピルンはどうしても臣下として振る舞いたがる。これが目下の私の悩みだ。

魔王で無くなった私が欲しいのは、臣下ではなく友人なのだが。ピルンがわかってくれる日は来るだろうか。

11話「双子の国・冒険者ギルドとハゲ」

双子の国、エリンとラエリンの王都の名前はそれぞれの国の名前と等しい。

歴史上、一つの国から分割した経緯を持つこの国は、王都がお隣同士という、かなりどうかした状態になっている。

私達三人は飛行魔術を使用しつつ、エリンの王都に到着した。カラルドの王都オアシスを出発して、3日目のことである。

エリンとラエリンの王都は国境も兼ねる川を挟んで隣り合っている。豊富な水と歴史ある街並みが調和した美しい場所だ。

人口も多く、大通りはいつも賑やか。ちょっと散歩するだけでも楽しい大都市だという。

ピルンの情報によれば、二国の王族の婚姻も決まっているという話。さぞ街は賑わっているだろうと思っていたが――

「なんか、聞いていた話と大分違うようだが……」

「そうじゃな。とてもめでたいことが起きているようには見えん」

「妙ですね。露店の価格も前より上がっています。まるで戦争の前ですね」

エリンの王都は重苦しい空気に包まれていた。晴れやかな天気、そこかしこを流れる水路からは涼しげな水音、意匠の凝らされた建築物。通りを歩くだけでちょっと良い気分になれそうなロケーションにも拘《かか》わらず、人々の顔は暗い。商店も活気がなく、ピルンの言う通り、妙に価格が高かったり、品切れを起こしたりしている。

まるで戦争が起きる前触れのようだ。

「情報を集める必要があるな」

「王城にでも行くか？　ピルンの身分で入れるじゃろう」

なあ、と問いかけたフィンディに対して、ピルンが少し考えてから答えた。

「いえ、少し街で情報を仕入れた方が良いと思います。この雰囲気の原因だけでも把握してから城に向かった方が良いかと」

「なるほど。ならば、手早く情報を仕入れるべきだな」

「はい。冒険者ギルドに行きましょう。あそこなら情報が集まっているはずです」

実は私達はカラルドの冒険者ギルドで紹介状を書いて貰《もら》っている。行った先の冒険者ギルドで優先的に情報を回して貰うためだ。カラルドの大臣エティスの計らいである。

こういう時こそ、貰ったものを使うべきだろう。

エリンの冒険者ギルドは、巨大な屋敷を改装して利用した建物だった。貴族か豪商あたりのものだったのだろう、大きさも佇《たたず》まいもなかなかのものだった。

荒っぽいことが専門の冒険者が集うには、ちょっと上質すぎる作りな気もしたが、これも土地柄というものだ。

◆　◆

歴史を感じさせる凝った作りのドアを開き、私達三人は中に入った。

さて、ここに来るまでにわかったことだが、我々は結構目立つ。

比較的長身で灰色のローブ姿の私に、幼い見た目ながら青みがかった銀髪を始めとした美しい外見のフィンディ、ドワーフよりも小柄なピット族のピルン。

どう見ても普通の冒険者の組み合わせではない。

別に世を忍んで旅をしているわけではないが、町中で好奇の目で見られることが多々あった。

そして、ここエリンの冒険者ギルドの人々の対応は、非常にそれがよく出ていた。

扉を開けてギルドのロビーに入るなり、中にいた冒険者が一斉に私達に注目したのだ。

依頼をやりとりするための受付や、食事などの休憩を取るためのテーブルが一緒になった冒険者ギルドでは一般的なロビー。

数十人はいるであろう、テーブルの冒険者達が、私達を凝視している。

ギルドにありがちな喧騒もなく、妙な沈黙が場を支配した。

「む……。なんだ、冒険者ギルドの割に静かだな」

「席は空いてないみたいですね」

「仕方ない。受付で話でも聞いて退散するとするかのう……」

視線に戸惑いながらそんな話をする。冒険者達は私達をしばらく見ているうちに、順番に視線を外していった。室内は妙に静かなままだ。

とりあえず受付に向かおうと思ったところ、こちらに手招きしている人物に気づいた。

見れば、店の奥のテーブルにいるハゲでマッチョな男性がこちらに手招きしていた。

私はこの国にハゲの知り合いはいない。カラルド王国ではハゲに悪い思い出ができたが、人を見た目で判断するのは良くないことだと思っている。

素直に手招きするハゲのところまで歩いて行く。自然と、フィンディとピルンもついてくる。

「私達に何か用か？」

「あんたら、良ければ少し俺と話をしねぇか。ま、座ってくれよ。一人で寂しくてよ」

「ふむ……」

どうする、と二人を見る。ピルンとフィンディは共に頷いた。

「せっかくですし、お話を聞いてみましょう」

「そうじゃの。他の席も空いてないみたいじゃしな」

二人の同意が取れたので椅子に座る。そういえば、このハゲが話しかけた瞬間、周囲からの視線が完全に消えた。もしかしたら、このハゲはギルド内ではそれなりの人物なのだろうか。

丸いテーブルにそれぞれ座り、会話が始まった。

「よしよし。あんたら、どこから来たんだ」

「カラルドからだ。今日、王都に入った」

「カラルドか。それは遠くから来たもんだ。おっと、名乗るのを忘れてたぜ。俺はロビン・ウィルマン。この街で冒険者をやってるもんだ」

「バーツだ」

「フィンディじゃ」

「ピルンと申します」

「バーツにフィンディにピルン、と。……ん？　フィンディ？　どこかで聞いたことが」

「気のせいじゃろう。珍しい名前でもない」

テーブルの上にあったメニューを見ながらしれっと言うフィンディ。

ハゲの方は「そうだな」とすぐに同意した。どうやら詮索《せんさく》しないことにしたようだ。

「誘った手前だ。最初の一杯くらい奢るぜ」

「いや、それは……」

「遠慮すんな。冒険者なんてのは縁が大事だ。それに俺はあんたらみたいな変わったパーティーと話すのが好きでな」

　意外にも、屈託のない笑みを浮かべながらロビンが言った。ハゲにマッチョといういかつい外見もあって30代くらいに見えたが、実はもう少し若いのかもしれない。

「確かにワシらは変わって見えるじゃろうなぁ」

「そうですね。そうだ、一杯奢って貰う代わりに、何か食べ物をこちらから注文するということでどうです？」

「おう、ピット族の兄ちゃんは気が利くねぇ」

　ピルンの提案に異論は無かったので、ロビンにオススメを聞きながら適当に料理を頼んだ。私達がアルコールを頼まなかったのでロビンもそれに合わせてくれた。周りを見ると昼間から飲んでいるのも珍しくないのだが、案外真面目な男のようだ。

　程なくしてテーブルに食事が届くと、ロビンは小声で話し始めた。

「あんたら、驚いただろ。王都がこんな様子でよ」

　いきなり本題だ。彼はいいハゲなのかもしれない。こちらの欲しい情報について教えてくれそうだ。

「かなり驚いた。王都は結婚の祝いで祭りのような騒ぎだと聞いていたのだが」

「一週間前まで確かにそうだったさ。それが今は、おかしなことになってこの有様だ」

「おかしなこと？」

ロビンの説明によると、次のようなことが起きたらしい。

一週間前まではピルンの話した通り、ラエリンの姫とエリンの王子の結婚でどちらの国もお祭り騒ぎだった。

正式な式の日程がそろそろ決まるかと思われた矢先で事件は起こった。

ラエリンの王が自身の暗殺を企んだとして、エリンの王子を捕らえたのである。

あり得ない話だとエリン側は抗議したが、ラエリンの王は全く聞く耳を持たなかった。理知的で冷静と評判の王としてはあり得ない行動だ。

状況を悪くしたのは、同時にラエリンの姫が行方不明になっていることだった。王子と共にラエリンにいたはずの彼女ならば、事の詳細を知っていて、王子の潔白を証明することも可能なはずなのに、むしろラエリン側が「エリンの陰謀で姫が攫《さら》われた」と混乱を深めることになってしまっている。

ラエリン王の変心とも言われる事態の発生によって、二国間の緊張感は歴史上最大級に高まり、隣り合った王都は不穏な空気に支配されることになった。

「……わからんのう。元々仲の良い国同士の婚姻で、いきなり王がそんなことを言い出す理由が思いつかん」

「俺達もびっくりしたさ。だが、現実問題、姫さんは行方不明。相手は王様だし、城の出入りは制限されるし、隣り合った王都同士で戦の気配になるしで、最悪だ」

「ここで戦争をしたら、いきなり市街戦ですからね。大変なことになります」

エリンとラエリン。双子の国。王都が同じ場所にある以上、戦争などしたら共倒れになりかねない。実質、この二国は運命共同体なのだ。

王族ならば、そのくらいわかっているだろうに。

「ロビンのおかげで街の事情はよくわかった。それで冒険者ギルドもこんな雰囲気なのだな」

「まあ、理由は、それだけじゃねぇんだけどな」

「それだけじゃない？」

その時、ギルドの扉が開いた。

私達が来た時と同じように、店内の冒険者が一斉に扉の方を見る。

入ってきたのは二人の男女。フードを深くかぶっているため、顔まではわからない。

店内の視線を一身に受けるのも意に介さずに、二人はギルド内のカウンターまで一直線に歩いて行く。

そして、受付に着くと、一人がフードを取り、いきなりこちらを振り返って叫んだ。

「逆境ですわ！　人生最大の逆境ですわ！　冒険者の皆さん！　力を貸してくださいまし！」

予定にない行動だったのだろう。隣の男の方が慌てて止めるがもう遅い。

フードを取った女性はとても美しかった。室内の照明を受けて輝く短い金髪、透き通るような碧《へき》眼《がん》。細く上品な眉。顔を構成するパーツは儚《はかな》げでありながら、強い意志を宿す視線。

ここに来るまでに何かあったのか、若干薄汚れているが、一目見ただけで彼女がかなり地位の高い人間であるのは明らかだった。

見れば、隣に座るピルンが、口をあんぐり開けて驚いている。どうやら、知っている顔らしい。

「あれが、行方不明だったノーラ・ラエリン姫だ」

私が思考する前に、ロビンが答えた。

12話「ノーラ・ラエリン」

「誰か！　わたくしの依頼を受けてくれる方はおりませんか！　詳しい事情を御説明致します！」

「おやめください！」

隣の男——恐らく護衛だろう——の制止を気にも留めないで、ノーラ・ラエリン姫は冒険者ギルド内によく通る声で、自身の主張を叫んだ。

訴えに応えるように、何人かの冒険者が立ち上がった。

それを見て、ロビンが眉をひそめた。

「不味《まず》いな」

「どういうことだ？」

「ノーラ・ラエリン姫は手配されている。それも、エリンとラエリンの両方でだ」

「なんじゃと。それであんなに堂々としておるのか」

「そういう人なんだ。以前から、自ら足を運んで冒険者ギルドに依頼に来ていたんだが」

「それは気さくな方だったのですねぇ。しかし、この場合は……」

非常に不味いことになるだろう。何せ、賞金首が自分はここにいますとアピールしているのだ。冒険者がノーラ姫の周囲を囲んだ。数は十人にも満たない。室内の冒険者全員が一斉に捕らえにかからないのは、ノーラ姫の人気故だろうか。

雰囲気が尋常でないことを察したのか、ノーラ姫は黙り込んだ。

護衛の男が彼女を守るように立ちはだかる。しかし、多勢に無勢だ。

囲んだ冒険者の一人が口を開いた。

「悪いな、姫様。あんたは嫌いじゃないが、これも仕事なんだ。大人しくしてくれよ」

「わたくしを捕らえる気ですか！　わたくしは無実です！　捕らえられる理由はありません！」

「そうかもしれねぇ。そこに座ってる大半の冒険者はそう思ってるかもしれねぇ。だがよ、俺達だって生活があるし、頼まれたら断れない相手なんだよ……」

どうやら、囲んでいる冒険者も訳ありらしい。国家から直接依頼でもあったのだろう。そんなもの断れまい、実質脅迫みたいなものだ。

わかってくれ、と冒険者が捕らえにかかる。

次の瞬間、冒険者の一人が、吹き飛ばされた。

護衛の男の攻撃だ。男はそのままノーラ姫の手を引き、出口に向かおうとする。だが、攻撃を受けた冒険者達の反応は早い。追いかける前衛陣と援護魔術を展開する後衛陣に分かれ、速やかに行動を開始した。

ギルドの室内は一瞬で戦場と化した。

「あのお供の男、なかなかやるな」

「ノーラ姫の護衛は凄腕《すごうで》だ。だが、ここに来るまで無茶したらしいな」

「劣勢じゃのう」

とりあえず、私達はテーブルの下に避難していた。他の客もそれぞれ適当な場所に逃げて乱闘を見物している。

ノーラ姫を守りながら戦う護衛はなかなかの実力だった。十人近い冒険者を相手に、それなりに立ち回っている。室内が狭く冒険者が連携しにくいことと、生け捕り目的で相手が手段を選んでくれているからだろう。

とはいえ、劣勢は明らかで、ノーラ姫が捕まるのは時間の問題に見えた。

「ノーラ姫を捕まえにかかる冒険者が少ないな。状況的に、ここに入るなり全員が襲いかかっても不思議ではなさそうだが」

「ノーラ姫の評判は良い。それに、今回の件をおかしいと思わないやつはいない。今殴りあってる冒険者だって、好きでやってるわけじゃないのかもしれねぇ」

「確かに、そんな感じでしたね」

「事情があるのはわかったが、これではのんびり食事もできんのう……」

食事はともかく、この国の異変の原因を知るであろう人物が目の前にいるというのは考える余地がある。また、先ほどのロビンの話の中で、私は一つ気になる点があった。

ラエリン王の急な心変わりだ。

状況的に、双子の国の政治的不和は長年仕込まれた陰謀という感じがしない。戦争も政争もそれなりの準備と根回しが必要なはずだ。今回のこの二国間にはそれが無いように思える。

何か原因があるはずだ。例えば、精神に干渉する魔族の仕業とか。

この世界に新しく生まれているはずの魔王が、配下を使って人間の王を傀儡《かいらい》にしているというのは十分にあり得る。杞憂《きゆう》かもしれないが、調べる価値はあるだろう。

私はフィンディとピルンに小声で提案することにした。

「二人共、提案がある。ノーラ姫に加勢しようと思っているのだが」

「なんでじゃ？　間違いなく厄介事じゃぞ？　それも国家レベルの」

「王の心変わりというのが気になる。当事者から詳しい事情を聞いてみたい」

「バーツ様の目的と関係があるということですか？」

「可能性はある。人間は心変わりしやすいとはいえ、事情を聞く限り異常に思える」

「ふむ。ワシは構わんぞ。この国でひと暴れするだけじゃ」

「別にそこまで大暴れするつもりはないのだが……」

「わたしも賛成です。バーツ様の意志は勿論ですし、グランク王国は無駄な騒乱を望んでいません」

「決まりだな」

そこで、私達の短い話し合いに気づいたらしいロビンが横から口をはさんできた。

「あんたら、ノーラ姫を助けるつもりだな？　俺にも手伝わせてくれよ。姫には世話になってんだ」

「数が多いのは助かる。行くぞ」

私の言葉と共に、四人は一斉にテーブルから飛び出した。

私達はそれぞれ行動を開始する。

私とフィンディは魔術師だ。その場で即座に魔術の準備を始める。

「ここは睡眠の魔術で彼らを無力化、そしてあの護衛の回復だな。おい、フィンディ、攻撃魔術はやめろ」

「チッ。わかっておる。軽い冗談じゃ」

杖を取り出したフィンディが剣呑《けんのん》な攻撃魔術を準備していたので止めておいた。あまり暴れる機会がないからフラストレーションが溜まっているのかもしれない。高貴な神世エルフなのだし、もう少し好戦的な面は控えてほしいものだ。

気持ちを切り替えて、私は睡眠魔術を準備する。フィンディは護衛の男に回復魔術を飛ばす。

「眠りを誘え」

私の手から、青白く光る蝶《ちょう》が放たれた。睡眠効果をたっぷり練りこんだ魔術の蝶だ。触れられた途端に目標は熟睡してしまう。本来なら大量に生み出して大軍を相手にするためのものだが、場所が悪い。５匹ほどをふわふわと相手に向かって飛ばしておく。

悠長な速度の魔術だが、ノーラ姫と護衛がやられる前に当たるだろう。それに、こちらの仲間に出番を作っておかねばなるまい。

ハゲ冒険者のロビンはテーブルから飛び出すなり、護衛の男に襲い掛かる前衛冒険者に飛びかかった。武器を持たない素手だが、動きは手練《てだ》れだ。不意打ちもあって素早く一人を無力化した。

「貴方《あなた》はロビン様！」

「加勢するぜ！　姫さん！」

驚くノーラ姫の声に威勢よく答えつつ、ロビンは護衛の男と共にノーラ姫の前に立つ。なんと、姫と知り合いだったのか。きっと彼は私達がいなくても一人で助けに入っていただろう。

もう一人飛び出したピルンの方は、何か呟きながら、後衛冒険者に向かって駆け出した。

「与えよ・我が身に・風の加護・闇夜の影・静寂で覆え・滴落ちる時まで」

魔術の短文詠唱だ。魔術陣を刻んだ装備品と短い呪文を組み合わせ、自身の魔力を触媒に発動させる魔術である。私やフィンディのように詠唱を省略できない者が魔術を行使するための一般的な手法だ。

ピルンはフィンディのように杖を持たないが、魔術のための装備品を沢山身に着けているようだった。

「わたしが後衛を抑えます」

一言言い残すと、ピルンは影に溶け込んで、音もなく消えた。

外見は少年のようなのに、行動は格好いい奴だ。それに判断も早いし、戦闘自体も手馴れているように見えた。実は凄く強いんじゃないだろうか。いや、考えてみれば、大国の使者なのに一人旅をしていたのだ。相応の実力があるから、そんな無茶な行動が許されていたのだろう。

程なくして、後衛冒険者がバタバタ倒れた。ピルンの仕業だろう。相手を昏倒《こんとう》させる装備の備えもあったようだ。

「おい、バーツ。眺めてないで眠りの蝶を当てるのじゃ」

ピルンの意外な行動に感心していた私だが、フィンディの声で我に返る。

「そうだ、片付けてしまおう。少し早く動け、蝶よ」

私が命じると冒険者めがけてふわふわ飛んでいた蝶達が、動きを速めて突撃した。空飛ぶ軌道が蝶のそれな上に早いこと、ロビンと護衛の相手に精一杯だったことがあり、冒険者達に回避する術《すべ》はない。

蝶が触れた冒険者達が次々と熟睡していく。多分、12時間後くらいにすっきり爽快な目覚めが来るだろう。

「終わったぞ。後衛の方はどうだ？」

「そちらも終わった。ピルンの奴が一人で片付けおったわ。あやつ、なかなかやるのう」

見れば、後衛の冒険者達は全員倒れていた。仕事を終えたピルンがこちらに向かいながら報告してくる。

「対処完了です。しばらく眠って貰いました」

「う、うむ。ご苦労」

「光栄です！」

このピット族、凄く頼もしい。旅に加えて良かった。

私がちょっと感動していると、それ以上の感動に包まれている者達の会話が聞こえてきた。

「助力に感謝する。ロビン殿……」

「気にしないでくれよ。いつぞやの礼だ」

「ああ、ロビン様！　信じておりました！」

ロビンとノーラ姫と護衛の三人だ。絶体絶命のピンチにロビンが乱入したわけだから、感動もするだろう。姫も護衛も、ここに来るまで味方もいない状況だったろうから、尚更だ。

「ところで、そちらの方々は……？」

護衛の男が私達を見ながら聞いてきた。彼はフィンディの魔術でかなり元気になっていた。ギルドに入ってきた時の方が疲弊していたくらいだ。

「見かねて助けに入った冒険者だ。そして、貴方達の詳しい事情に興味を持った者でもある」

「なんと。言ってはなんですが、姫様の依頼を受けるのは、この国全てを敵に回すようなものですぞ」

やはりそういう話か。事情を聞けば後には引けない系だ。それも仕方ない、もしかしたら私の旅の目的に繋がるかもしれないのだから。

でも、言うことは言っておこう。

「この国を敵に回すかどうかは貴方の話す内容次第です。あんまりな内容だった場合、とっとと逃げ出します」

「なんだと。姫様を……っ」

「おやめなさい」

激昂《げきこう》しかけた男を、ノーラ姫が制した。そして、私達三人に対して上品な一礼をして、可憐《かれん》だが芯の強さを感じるはっきりした声で言う。

「この方々はわたくし達を助けて下さいました。失礼はなりません。ああ、しかし、ロビン様なら助けてくださるかもという望みでこの場所に来たのですが、まさか頼れる方が他にもいらっしゃるとは」

どうやらロビンは姫的に最後の希望だったらしい。雰囲気や先程の動きから察するに、かなりの冒険者なのは間違いないので、それもわからないでもない。

さて、このまま詳しい話といきたいが、場所が良くない。幸い、倒した冒険者以外の者達は私達を遠巻きに眺めているだけだ、雰囲気的にこのまま逃げるのを見逃してくれそうだ。

騒ぎも起こしてしまったことだし、ここに長居は無用だろう。

「ワシが思うに、ここで立ち話はせん方が良いように思うのじゃが……」

「そうだな。私もそう思う」

「今の騒ぎの最中、何人か外に飛び出して行きました。どこかに場所を変えた方が良いと思います」

ピルンはそこまで見ていたらしい。流石《さすが》だ。

さて、どこに行こうか。私達はこの街に来たばかり、隠れ場所の当てなどない。

そう思ってロビンを見ると、彼は暑苦しい笑顔と共にこう言った。

「なかなか鋭い目を持つピット族だな。あんたの言う通りだ。場所を変えよう。全員、俺についてきな」

私達はロビンに促され、ギルドの裏口から素早く外に出た。

なんか、裏口を使うことが多いな、私達は。

13話「ノーラの事情」

ロビンに案内されたのは郊外の林の中にある小さな小屋だった。カラルド王国でもハゲが林の中に隠れ潜んでいたが、そういう習性でもあるのだろうか。いや、相手の身体的特徴を面白おかしく扱うのは良くない。ロビンは良い人物な上に、抜け目がないハゲということだろう。

ノーラ姫は初めて来たわけではないらしく、小屋の中を手早く片付け、お茶の準備などをしてくれた。姫君とは思えない手際だが、そういう経験を積むような生活をしていたということだろうか。

室内は広くない。元々ロビン一人で滞在するのを想定しているらしく、一部屋しかない小屋だ。それぞれが椅子やベッドの上などに座ることになった。

全員にノーラ姫が手ずから淹れてくれたお茶の入ったカップが行き渡ってから、話し合いが始まった。

「ロビン様のアジトに来るのは久しぶりですわね。いつもここに来るのは逆境の時です」

「ロビン殿、そして皆様方、ご助力感謝致します」

護衛の男が礼をしたのを見て、姫が慌てて同じように頭を下げる。護衛の男は渋い中年だった。

聞けば、ノーラ姫が幼い頃から面倒を見ていて、例の王子と引き合わせた人物でもあるらしい。かなりの腕前で、ロビンとは、以前ノーラ姫が家出した時の騒動で出会って以来の縁とのことだ。

「いや、気にしないでくれ姫さん。俺はもともと何かしら協力するつもりだったんだ。それよりも、この三人なんだけどよ」

「それですわ！　わたくし、そちらのピット族の方に見覚えがあります！　グランク王国からの使者の方ではありませんか!?」

「おや、ばれていましたか」

ノーラ姫の指摘に対して、別に驚いた様子もない反応のピルン。王族は相手の顔を覚えるのも仕事だ、その程度は想定していたのだろう。

「なんと。グランク王国の方ですと！　それでは共にいるお二人も？」

護衛の男の方はかなり驚きつつも、少しだけ表情が明るくなった。大国の援助を受けられるかもしれないと想像したのだろう。

「そういえば、まだ名乗っていなかったな。私はバーツ。グランク王国とは関係ない、ただの冒険者だ」

立ち上がって姫と護衛の男に向かって礼をする。隣にいたフィンディも立ち上がる。

「フィンディじゃ。同じく普通の冒険者じゃ」

「フィンディ……たしか、カラルド王国の大賢者と同じ名ですな。そういえば、昔、彼《か》の国に行った際に見かけたお姿に似ているような……」

護衛の男の指摘に対して、フィンディは少し迷ってから答えた。

「……本人じゃ」

フィンディは自身の素性を肯定するか少し悩んだようだったが、別に身分を隠しての旅というわけでもないので問題ないだろう。この場合は、相手への信頼に繋がるだろう。

「おいおい、なんだよ。すげぇ大物じゃねぇか。すると、バーツの方も何かしらスゲェのかい？確かに強かったがよ」

大森林の賢者のことはロビンも知っていたらしい。驚愕《きょうがく》の表情で私とフィンディに聞いてくる。

「いや、私はフィンディの友人という以外は別に有名ではない」

元魔王です、とはとても言えない。信じて貰えないだろうし、信じられたとしてもデメリットが大きすぎる。

「ご謙遜《けんそん》を。フィンディ様の友人ということは、かなりの人物なのでしょう。姫様、これは冒険者ギルドに行って正解でしたぞ」

「だから言ったでしょう。困った時は冒険者を頼るべきだと」

ノーラ姫は前向きな人物だ。頼ろうとした冒険者に捕まりかかったことはもう忘れていらっしゃる。

いやまあ、ロビンは最初から助けるつもりだったようなので、あながち間違った判断でもなかったのだろう。実際、あの場の冒険者の大半は私達の行動を止めもしなかった。案外、ロビンに姫を助けさせるつもりだったのかもしれない。

「グランク王国の関係者に、カラルドの大賢者とその友人か。正直、姫さんを国外に連れだすくらいしかないと思っていたんだが、この状況自体をどうにかできそうな気がしてきたぜ」

最初から協力するつもりとはいえ、ロビンは今回の件をどうこうできるとは思っていなかったようだ。それも仕方ないだろう、一介の冒険者には手に余る事態だ。正直、私達も力技がどこまで通用するかで、対応が変わってくる案件である。

「こうして手助けはしたが、正直なところ、私達に何かできるという確証があるわけではない。できれば詳しい話を聞かせて欲しいのだが」

「お三方とも、力を貸してくださるのですか？」

ノーラ姫の乞うような問いかけに対して、フィンディが答えた。

「それはお主の話の内容次第じゃな」

「まあ、詳しい話は俺も気になってたところだ。俺も手助けするから聞かせてくれよ、姫さん」

詳細を知りたいのはロビンも同じようだ。ピルンも頷いて姫に話を促す。

「…………」

場に沈黙が満ちた。護衛の男も含めて、全員の視線がノーラ姫に集中する。

ノーラ姫は、しばし瞑目《めいもく》した後、決意を込めた瞳と共に、口を開いた。

「……では、お話しします。目まぐるしく状況が変わるばかりで、当事者の私すら詳しいとはとても言えないのですけど」

そう前置きして、ノーラ姫の事情説明が始まった。

◆　　◆

ノーラ姫と相手の王子（アキュレーという名前らしい）の婚姻の話は、双子の国への入国前にピルンに聞いた通り、順調だった。

野心のない二人は、王位継承権を放棄して結婚、その後はエリンの国内に領地を貰って暮らしていく。そんな前提で話が進められていた。

ところが、ある日を境にラエリン王の様子がおかしくなった。急に姫に対して結婚をやめるように言い出したのだ。それに加えて、エリンの王子はノーラ姫を利用してラエリンを奪おうとしているとまで言う始末だった。

穏やかな人柄の王とは思えない物言いに困惑しつつも、ノーラ姫は状況を解決するために王子に相談した。

王子の出した結論は、「二人で王を説得する」であった。

王子を伴ってラエリンの王城に向かったノーラ姫。しかし、王に会うことは叶わず、門をくぐるなり捕らえられてしまったそうだ。

城の一室に閉じ込められて困り果てているところを、護衛の男に救い出され、なんとかせねばと顔見知りのいるエリンの冒険者ギルドを目指した結果が、先ほどの状況である。

アキュレー王子はラエリンの王城に捕らえられ、ノーラ姫が逃げている間に双子の国は戦争一歩手前まで進んでしまったわけである。

姫の事情説明は以上だった。護衛の男が補足してくれたところによると、ラエリン王の家臣達も当初は王の突然の心変わりに戸惑っていたそうだが、彼らも徐々におかしくなっていったそうだ。

「ふむ……。人間はエルフに比べると心変わりしやすい種族じゃが。あり得んくらいの急展開じゃな」

「そうなのです！　あり得ません！　何か原因があるはずです！」

「姫様の言う通り、陛下の変心ぶりは異常でした。何か原因があるはずです。それさえ突き止めることができれば」

「なんかの魔術かもしれねぇな。俺は詳しくないけれど、あんた達なら詳しいんじゃねぇか？」

我々に視線を向けるロビンと姫と護衛の男。フィンディの素性を知った後ならば、当然の問いかけだ。

「どう思う。フィンディ」

「なんらかの魔術による可能性はある。王城の中に入ることができれば、原因を探ることもできよう。だが、この国は歴史が古いのもあって、王城の魔術的な守りが堅い。あまり外から魔術で調べると感づかれる危険があるのう」

「そこはわたしの出番ですね。身分を使う良い機会です。帰り道に寄ってみたら以前と街の様子が違うので気になって立ち寄った、というのはどうでしょう?」

「私とフィンディはピルンの護衛だな。今の話を聞く限り、余計な騒乱を防ぐためにもノーラ姫に協力すべきだと思う」

　フィンディもピルンも私に反対しない。方針決定だ。

　新魔王が関わっているという確信はないが、異常な状況を引き起こした何かを調べる価値はあるだろう。魔王が人間社会に戦乱の種を植え付けるのは、珍しい話ではない。

「おいおい、王城ってのは敵地のど真ん中だぞ?　いくらなんでも危険すぎやしねぇか」

　敵地に乗り込んでの調査、シンプルでいい。そう思っていたら、ロビンが心配顔でそんなことを言ってきた。ノーラ姫と護衛の男も似たような表情だ。

「問題ない。いざとなれば力技でなんとかする」

「最初からそうしてもいいくらいじゃ」

「それはやめておけ」

「……冗談じゃ」

　どうにもフィンディは血の気が多くて困る。いきなり暴れるなど魔族でもしないというのに。

「バーツ様もフィンディ様もこうは言っていますが穏便なお方です。そして、とても強い。わたしが保証しますよ」

悪いようにはしません、とピルンがフォローを入れてくれた。できた配下である。

「カラルド王国の大賢者と言えば、世界唯一の神世エルフです。これ以上の協力者は見つからないかと」

「はい。それに、バーツ様もピルン様もとても頼もしいのは先ほど良くわかりました。皆さんができると言えば、可能なのでしょうね」

やはり、素性を知っている者からすると、フィンディの存在は大きいらしい。若干の不安を覗《のぞ》かせているが、ノーラ姫と護衛の男は私達の王城突入作戦を支持してくれるようだ。

自分以外の反応を見て諦めたらしいロビンが、ため息をつきながら言う。

「わかった。詳しい打ち合わせに入ろう」

14話「ノーラ姫からの依頼」

私とフィンディとロビンは冒険者である。

冒険者は依頼を受けて、解決することで報酬を得る職業だ。路銀に困っているわけではないが、収入は大事である。

そんなわけで、今回の事件をノーラ姫からの依頼として請け負うことにした。前金は無し、報酬は依頼が成功した時のみ。難易度を考えれば、こんな条件で依頼を受ける物好きなど私達くらいのものだろう。

「まずは依頼の確認だ。姫さん、俺達は何を目的にすればいい？　最優先すべきはなんだ？」

ロビンが改めて依頼内容の確認をする。先ほどの話でノーラ姫の状況はわかったが、彼女が何を望んでいるかまでは聞いていない。果たして、彼女は何を望むのか。戦争の回避か、恋人の救出か。

「わたくしの望みは、アキュレー王子の救出です。わたくしは王子と共に生きたいのです。たとえ、身分を捨ててでも！」

ノーラ姫は愛に生きる人のようだ。王子の救出だけなら難しくなさそうだ。しかし、それだと国の方にかなり問題が出ると思うのだが、それは良いのだろうか。

「わかった。最優先は王子の救出だな。しかし、王子を救出して姫様と逃がしたとすると、最悪、この国で戦争が起きないか？」

単純に切羽詰まりすぎて思考が追い付いていないだけかもしれないので、念のために私の方から確認する。

「恐らくそうなるでしょう。王子救出をエリンの仕業とラエリンは訴え、ラエリンは姫様の失踪をエリンの仕業と訴え、そのまま泥沼に……」

「首都が隣り合っておるから、泥沼の市街戦じゃな。沢山、人が死ぬのう」

護衛の男の悲痛な言葉に、フィンディが冷静な口調で続ける。冷静に物事を見る能力があるのに、血の気の多い発言が多いのが困る神世エルフである。

「勿論、わたくしも戦争は望んでおりません。王子の救出と、可能ならば元の平和な国に戻して頂きたいです」

依頼としての難易度は上がるが、当然の要求だろう。ノーラ姫は、愛のために故郷が戦火に包まれるのを良しとする人ではなくて良かった。この場で「王子以外はどうでもいい」と言われたら見捨てたかもしれない。

「計画としてはわたくしの身分を使って、バーツ様とフィンディ様が王城に入って調査します。もし、なんらかの魔術の仕業とわかれば、解決できるでしょう。しかし、王の本心だった場合は

「……」

ピルンの諭すような口調に対し、苦悩を滲《にじ》ませながらノーラ姫が答える。

「王も王城の皆も、あの変わりようは異常でした……。邪悪な魔術の仕業だと思いたいです」

「なんらかの魔術である可能性は高いだろう。残念ながらそうでなかった場合は、王子の救出を優先させて貰おう」

ノーラ姫は無言で頷く。国の首脳陣が自主的に戦乱を望んでいたのなら、それはそれで仕方ない。私もその場合は最低限の手出しにしておくつもりだ。冷たいようだが、人間同士の諍《いさか》いに必要以上に関わるつもりはない。

「ところでよ、バーツ達は、王様達に使われてる魔術についてアテはあるのかい？」

ロビンがそんな質問をした。彼自身、王城の出来事をなんらかの魔術の仕業と推測したものの、そちら方面の具体的な知識はないようだった。

ここは一つ、その道のプロであるフィンディに推測を話して貰おう。魔術に関する知識ならば、この世界で最も頼りになるのが彼女だ。私以上に正確な推測を披露してくれるに違いない。

「フィンディ、どう思う？」

「国王の心変わりは魔族の仕業である可能性が高い」

おお、大きく出たな。はっきり魔族と言うとは思わなかった。

「魔族、ですか？　大賢者殿、人の心をこれほど強力に操る魔族など、聞いたことがありませぬぞ」

護衛の男が言う。考えてみれば、500年前の戦い以降、人間社会の近くで暮らす魔族は激減しているはずだ。そして、私の元配下以外の魔族は力もそれほど強くない。人心を操る魔族の存在が、人間の知識から失われていても不思議ではない。

「数は少ないが、心に作用する能力を持つ魔族は確かに存在する。人間を誘惑するサキュバスなどもその一種じゃ」

「なるほど……。しかし、以前訪れたグランク王国で会った魔族には、そんな能力がある者はいませんでしたが……」

「数が少ないと言ったであろう？　その手の魔族は500年前の大戦で勇者に殆ど狩られたのじゃよ」

500年前の勇者は心理に作用する魔術や能力を持つ魔族を優先的に倒していた。人間社会に対して脅威になるという認識だったのだろう。おかげで、魔王城でもその手の魔族はサキュバスくらいしか生き残っていない有様だった。

「そうすると、過去に勇者が狩りそこねた魔族が、王宮を好き放題してるわけかい？」

ロビンの問いにフィンディが答える。

「確証は無いがの。こればかりは直接行って確かめるしかあるまい」

「私とフィンディなら魔族が正体を隠していても見破ることができる。それに、王子の救出も可能だろう」

「さっきも言ってたけど本当かよ？　いや、あんたらの強さを疑ってるわけじゃねぇが」

不安そうなロビン。どう説明したものかと思っていると、ノーラ姫が口を開いた。

「そういえば、聞いたことがありますわ。カラルド王国の大賢者と言えば、その強大な魔術と繰り出す暴力は世界一だと」

「姫様、仰《おつしや》る通りです。私が昔、目にした際には、たった一人で大森林から溢《あふ》れた魔物を退治しておりました」

「そうですか。なら安心ですね！」

「そうか。姫さん達がそこまで言うなら安心だな」

「いや、ワシとしてはどこの誰がそんな話をばらまいたのか気になるのじゃが……」

不満顔のフィンディだが、身から出た錆《さび》だ。好き放題暴れるのが悪い。

「納得してくれたならいいじゃないか。さて、私としては王城に向かうのと、姫様の護衛の二手に分けたいと思うのだが」

「内訳はどうなるんだい？」

「私とフィンディとピルンが王城攻略。ロビンと護衛殿は姫様を守りながら隠れていてくれ」

地元のベテラン冒険者なら逃げ隠れるのも得意だろう。ロビンと護衛の男に隠れ潜んで貰っている間に、私達が手早く事件を解決するのが一番良い。幸い、ピルンの身分を使えば王城には入れる。

事前に偵察した上で乗り込めば1日で解決できる可能性が高い。

「それはいいがよ。事態が動いたら、どうやって連絡するんだ？　いつまでも逃げ回るのは無理だぜ」

「ワシが連絡用の魔術具を渡しておこう。状況を解決したら転移魔術で王城まで呼び寄せてやるわい」

「それと窮地になった時も連絡して欲しい。そちらに転移して助けに入る」

その場合は王城攻略は後回しになって、先にノーラ姫を逃がす方針になるだろう。そうなる前に、事態を解決したいものだ。

「フィンディ、魔術具は人数分あるのか？」

「勿論じゃ。ワシを誰じゃと思っておる」

フフン、と自慢げに笑いながら、フィンディがローブの中をごそごそ始める。大量の魔術具が入った、例のポケットの中を探しているのだろう。

「流石は大賢者様……」

姫様が驚きつつも頼もしそうに見ていた。若干凶暴な点を除けば、彼女が頼りになる存在なのは間違いない。

「さて、方針はこれで決まりだな。王子の囚《とら》われていそうな場所に見当はつくだろうか？」

「王城の地下には貴人用の牢《ろう》があります。魔術的防御も施された特別な場所で、そこの可能性が高いかと」

「地図を描《か》いて貰うことは可能ですか？」

ピルンが紙とペンを出しながら言うと、護衛の男がすぐに地図を描き始めた。実に手馴れた動作だ。話が早くて助かる。王城の機密が筒抜けだが、非常事態だから仕方ないだろう。

作業の進捗《しんちょく》を見ながら私は言う。

「姫様に追手がかかっていることを考えると、とにかく急いだ方がいいだろう。すぐに行動を開始しよう」

「わかった。俺達は荷物をまとめてすぐにこのアジトを出る」

「ワシらは王城の偵察じゃな。状況報告はこの魔術具で行う」

フィンディが全員に腕輪型の魔術具を配る。知っているやつだ。呪文を唱えると短時間の通信が可能になる魔術具である。所持者のフィンディなら身につけている人間を探知できるという機能まてついており、この状況に最適な一品だ。

「ロビン、何日くらい逃げ続けることができそうだ？」

「姫さんは目立つからなぁ。一週間と言いたいが、せいぜい5日くらいだろう」

「わかった。我々は2日以内に事態を解決するのを目標にする」

「そ、そんなに早くできるものなのですか？」

「勿論じゃ。ワシらを誰じゃと思っとる」

姫の問いかけにフィンディが自信満々で答えた。

自信に溢れたその様子を見た姫は立ち上がり、目を伏せながら、優雅な動作で私達に頭を下げて言った。

「貴方がたにこの依頼の解決をお願いします。どうか、この国の危機をお救いください」

切実な願いに対して、私達三人は黙って首肯して応えた。

15話「ラエリン城突入準備」

アジトを放棄する準備を始めたロビン達を見届けて、私達はすぐに行動に移った。

考えてみれば、私達は冒険者ギルドでノーラ姫を助ける姿を目撃されている。すぐにお尋ね者の仲間入りをするだろう。恐らく、自由に動き回れる時間は少ない。

大した荷物もない私達は、素早く国境を越えて、隣国ラエリンに入った。

ラエリンの王都も外観はエリンとそう変わらず、歴史を感じさせる美しい街並みが整然と広がっていた。特に中心部は壮観で、緑豊かな円形の公園から、まっすぐ延びる道沿いに並んだ建物と、白く美しい王城を望むことができた。

ラエリンの王城はあまり大きくないが、白を基調とした品の良い建物だ。魔術的に合成された石材を使って建築されており、内部と外部に何重にも防御魔術が施されている。

こんな大がかりな魔術をどう維持しているのかと思いフィンディに聞いたところ、城のどこかに大地から魔力を吸い上げて循環させるための魔術陣があるとのことだった。

城の弱点であるその場所は国家の最高機密であり、フィンディでも「調べるのはちょっと手間なのじゃ」と言うほどのものである。

私達は王城を望む公園の一角にある憩いのスペースで、のんびりお茶などを飲みながら、王城を観察していた。

常ならば人生を謳歌《おうか》する人々で溢れているはずの公園だが、昨今の情勢を反映してか人影はまばらだ。それでも、私達がベンチに座っていても目立たないくらいの雰囲気だった。国家間は緊張状態だが、人々は本当に戦争が始まることを想像できていないのかもしれない。

ラエリンの国王は様子がおかしくなっているようだが、国民の外出を禁じるなどのことはしていなくて助かった。おかげで堂々と偵察することができる。

「バーツよ。茶なら後でワシがいくらでも淹れてやるから、仕事をしてくれんかのう」

「む、やはり私の仕事か」

「王城を調べるのはフィンディ様ではないのですか？」

「あの城は外からの魔術探知への対策もしっかりしておるからのう。ワシの魔術だと感づかれる。バーツに頼んだほうが良かろう」

「あれだけ大きな建物だと、気配を上手に探りにくいのだが……」

公園から見える王城は、距離が離れているにも拘わらずかなり存在感がある。田舎国家であるカラルドのものよりも小さい城だが、民家と比べれば十分大きい。面積が広い上に、魔術防御は万全と来ているので、得意の魔力探知も面倒なのだ。

「どれ、やってみるか」

私は魔力探知を行うべく意識を集中させた。

魔力探知は魔術ではなく、私の感覚によるものだ。目で見たり、耳で聞いたりするのと同じように、魔力を感じるのである。

私は視覚や聴覚は人間並みだが、魔力探知だけは群を抜いて優れている。エルフやドワーフがはるか遠くを裸眼で見渡せたり、夜目が効いたりするのと同じように、遠くの魔力をかなり詳細に探知することができる。

全力で魔力探知をしている時は、私という意識が周囲に広がり、俯瞰《ふかん》しているような感覚になる。

私は、外から見える城の外観ではなく、中で動く魔力を感じるべく、意識を伸ばす。魔術対策の施された城壁は、内部からの魔力を遮断するようになっているが、私の感覚はその隙間に入り込む。

城内に入った私の意識を一気に全体に拡散させた。すると、様々な魔力が場内にあることがわかる。

防御用の魔術陣、灯りや水などを生み出すための様々な魔術具、そして何より人間達の魔力だ。

私は感知した中でも、人間達の魔力を注意深く観察することにした。エリンもラエリンも人間達の王国だ。聞くところによると、エルフやドワーフは城内に殆どいないそうだ。また、彼女達の知る限り、魔族の家臣もいないとのことだった。

聞いた通り、場内から感じられるのは人間の魔力ばかりだ。力の大小はあるが、人間の範疇《はんちゅう》を超えているものはいない。エルフと思われるものがあったりするが、それも少数。

「どうじゃ？　何かいたか？」

「今のところは普通の人間だけだ。ピルン、見取り図をくれ」

「は、どうぞ」

私はピルンから何枚かの地図を受け取った。護衛の男に描いてもらった城の見取り図である。

「城は広いからな、偉そうな人間のいるところを見てみよう」

ノーラ姫の話だと、ある日突然、国王がおかしくなったということだ。黒幕がいるのなら、要職の者の可能性が高いだろう。しらみつぶしに探知するのは面倒なので、偉い人間がいそうな部屋から優先的に探知することにしよう。

「えっと、地図的に謁見の間とかはこのあたりか」

地図を見ながら、謁見の間や執務室などへ意識を伸ばす。流石にこの辺りになると、人間でも魔力の反応の大きさが違う。実力のある魔術師や、強力な魔術具を身につけた人間がうろうろしていた。

「やはり人間ばかりだな……。……む」

その中に一つだけ、気になる魔力があった。人間のようだが、人間でない。魔力の大きさは人間の上位クラスなのだが、その波長と言うか、色と言うか、何かがおかしい。

そう、種類としては、私がこの５００年、慣れ親しんだ種族のそれに近い……。

「いた……。恐らくだが、魔族が一人、王城にいる」

「ほう。流石じゃな。それで、王子の方はどうじゃ?」

「む、ちょっと待ってくれ」

地図を見ながら王子がいると思われる場所を探す。護衛の男が言っていた、地下にある、王城で一番、魔術防御の堅い牢屋だ。

地下に向かって意識を向けるが、なんとも反応がおぼろげで、人がいるのはわかるが、細かく判別できなかった。

原因ははっきりしている。地下に強力な魔力を発している魔術陣があるためだ。恐らく、城の防御魔術用に大地からの魔力を供給している魔術陣だろう。大きすぎる魔力の流れのせいで、周囲の小さな魔力反応が見えにくくなっているようだ。

「すまない。地下に城への魔力の供給源があるらしく、人間の魔力が隠されてしまう」

「そうか。それは残念じゃ」

「あの、魔力の供給源って、国家の最重要機密ですよ? 何重にも隠蔽《いんぺい》されているはずなのに、そんな簡単にわかってしまうのですか?」

何やらピルンが驚いているが、そんなことを私に言われても困る。私に探知可能な隙があるのが悪い。

「バーツの魔力探知は、通常の探知魔術とは根本的に違うものじゃ。そうじゃな、神話に全てを見通す神鳥の話があるじゃろう？」

「はい。光の神々が、世界を見るために創りだした神鳥ですね」

「バーツの魔力探知は、あの神鳥と同じくらいの力があるのじゃ。人間の隠蔽魔術なぞ、歯牙《しが》にもかけんよ」

「さ、流石ですね……。想像を超えています」

私もだ。自分の魔力探知が神話に出てくる生物と同レベルだなんて思ってもいなかった。昔から、他人よりも少しだけ魔力がよく見えるなとは思っていたが。

「うぅむ。私は他人よりちょっと魔力に敏感な程度に考えていたのだが、意外だ」

「意外なものか。魔術を使わずにそこまで魔力を見通せる種族なんぞ、この世界にはお主以外には残っておらんのじゃぞ」

「初耳だぞ」

「わざわざ言う必要が無かっただけじゃ。それはそうと、これで今後の方針について話せそうじゃの」

「うむ。狙うは王城の魔族。そいつをどうにかした上で、王子を救出しよう」

かなり話がシンプルになった。私達の得意分野になったと言っていいだろう。力押しができるのは有り難い。フィンディのストレス解消にもなる。

「王子の救出はどうするのですか？　居場所がわかりませんが」

「魔族をどうにかした後にでも、ゆっくり助け出せば良かろう。状況的に、魔族を倒せば王も正気に戻るじゃろうしな」

「王子を探す必要が生じた場合でも、王城内ならば私とフィンディで探し出すのは容易だ」

「お二人がそう仰るなら、わたしは従うまでです」

「うむ。では、詳しく打ち合わせをしよう」

◆　◆

公園の中で地図を広げて王城攻略の算段をたてるわけにもいかないので、近くのちょっと良いめの宿に入って、私達は作戦会議を行うことにした。

ピルンが選んだ宿は、王城近くの、こぢんまりとした建物だった。室内はベッドやテーブルなどが最低限で、シンプルにまとめた部屋なのが特徴だ。物が少ないというのは小奇麗に見えるので、これはこれで悪くない。

「王城に入るのはわたしの身分で可能です。王への謁見も可能でしょう。むしろ支援を求めて、積極的に会ってくれるかもしれません」

「なるほど。王や国の重鎮と会えるならば話は早いな。フィンディ、どうする？」

「そうじゃな。適当に話の流れを見つつ、精神系の魔術を解除する魔術を使うのはどうじゃ？　謁見の間全体に効くやつじゃ」

「洗脳されているならそれが手っ取り早いな。ついでに魔族の正体も暴いてくれ」

「了解じゃ。その辺は任せるが良い」

「あの、謁見の間で戦闘になる可能性がありますが……」

「そこは実力で排除すれば良いじゃろ？　ワシとバーツがおるし、洗脳が解ければ護衛だって動くじゃろうから、そう簡単に大事にはならんよ」

「私達の考えていることが既に大事だがな。ピルン、不安かもしれないが、ここは実力で押し通してしまおう。偵察を重ねて入念な準備をするほどの時間もない」

不安そうなピルンだったが、私がそう言うとすぐに納得してくれた。ピルンが心配しているのはラエリンの王族や重鎮の生命だ。そこは可能な限り保護するとしか言えない。実はすでに精神を壊された操り人形でした、となるとなんとも言えない。いや、フィンディならどうにかできるかもしれないが。

「わかりました。わたしもできればお手伝いしたいのですが、実力的にお役に立てるかどうか……」

「先程の冒険者ギルドの一件を見る限り、かなりの腕前に思えたが？」

ピルンは強い。ピット族としては破格の能力を持っている。私とフィンディは比べる対象として不適切なだけだ。

「そうじゃな。ワシの方からいくつか魔術具を渡そう。それなら安心じゃろう」

「宜しいのですか？」

「ワシらとて万能ではない。優秀な仲間は多い方がいい。欲しい魔術具はあるか？　できる限りのものを用意するぞ」

「では、相手を無力化できるものと、隠密《おんみつ》に動けるものを……」

「どれ、少し待っておれ……」

フィンディが例のポケットの中を探し始めた。彼女のポケットにはどれだけの魔術具が収納されているのだろうか。今度聞いてみよう。

ともあれ、ピルンの装備を整える間に、私もできることをやっておこう。

「ロビン達に連絡しておこう。王城の調査が済んだので、行動に入るとな」

「任せた。えーと、これとこれとこれと……」

ポケットから色々と取り出し始めたフィンディを尻目に、私は通信用の腕輪の表面を撫《な》でた。フィンディから配られたこの魔術具は、腕輪の一部を撫でると魔力が流れて、通信できる仕組みだ。

連絡先は身に着ける前に登録した全員になってしまうので、個別に連絡が取れないのが難点だが、この場合は問題ない。

「バーツだ。王城の調査が済んだ。準備が済み次第、内部に入る」

腕輪に触れながら言うと、ロビンの声が返ってきた。

『流石の早さだな。こちらは新しいアジトに潜伏中だ。2、3日なら大丈夫だろう。それと、街の様子を見たが、まだ姫さんと俺達の話は広まってないみたいだったぞ』

隠れ家への避難のついでに、情報収集までしてくれているとは、有り難いことだ。

「了解した。私達のことが広まる前に終わらせよう」

『それで頼む。あと、一般はともかく、王城には情報が流れている可能性がある。注意してくれ』

『皆さま、お気をつけて。ご無事をお祈りしています』

ノーラ姫の言葉で、通信は切れた。勿論、無事に帰るつもりだ。

「よし、連絡は終わったぞ。そちらはどうだ」

「完了じゃ。ただでさえ頼もしいピルンが、より頼もしくなったのじゃ」

「これだけあれば、足手まといにならないと思います」

自信満々に言ったピルンだが、私の見た感じでは、何も変わっていないように思えた。

「どこが変わったんだ？」

「見た目が変わるようなものは渡しておらん。短剣に気配消しの帯、眠りの宝玉、他にも小さめの魔術具を渡してある」

どうやら、ピルンの身体《からだ》の小ささと素早さを生かせる魔術具を渡したようだ。相手の無力化と隠密性を中心に考えての構成になっているとのことだった。

「お二人は何か準備しないでいいのですか？　敵地のど真ん中に行くわけですが」

装備の確認しながらピルンが言った。フィンディも私も身一つあれば十分なので、これで準備は完了だ。

「ワシもバーツもこのままで十分じゃ。心配はいらん」

言いながら、フィンディが自分の杖を取り出した。実を言うと、私はいつも徒手なのがちょっと寂しいので、何か手持ちの装備が欲しいと思っているのだが、なんとなく言い出しづらい。今回の件が終わったら、フィンディに相談してみようか。

「よし、このまま王城に出発するぞ」

宣言と共に、私達は宿を出て王城に向かった。

16話「ラエリン城の戦い」その1

魔王をクビになってわかったことが一つある。

私は謁見の間というのが苦手だ。いや、魔王城にも謁見の間はあったし、私も玉座に座ってお茶なんか飲んだりしていたものだが、人間の王国の謁見の間というのは雰囲気が良くない。

なんと言うか、緊張感のある空間なのが嫌なのだ。国王と国家の重鎮が並んで威圧感を放ちつつ、少しの失言も許されない空間を形成している。実際、この場で国家の重要案件が決定されることがあるだろうし、国王と会うのだから仕方ないとわかるのだが、それでも張り詰めた空気というのは嫌なものだ。

なんでこんなことを考えているかというと、ラエリンの王城の謁見の間が、とても緊張感溢れる空間だったからだ。

ピルンの身分のおかげで、私達はラエリンの王城にあっさり入れた。私とフィンディはグランク王国の使者の護衛という扱いになり、見た目的には大した装備をしていないのもあり、武装解除なしだった。上手くいったと安堵すべきか、ちょろいなと得意になるべきか、なんとも言えないところである。

そして、私達三人は謁見の間に通された。おそらくラエリン城で一番広い部屋だろう。玉座に国王、左右に大臣と騎士団長。私達の左右にはずらりと兵士や文官が並んでおり、まだ部屋には余裕がある。玉座は二つあり、一つが国王で、もう一つが王妃のものだろうか。今日は王妃はご不在のようだった。

私達は現在、跪《ひざまず》いて国王に挨拶をしている。カラルドに比べると、この国は格式を重んじるらしいので、ピルンにそうするのが良いと教わったのだ。並び方も真ん中にピルン、やや後ろに私とフィンディという配置である。

「お久しぶりです、ラエリン王。ご壮健なようで何よりです」

「ピルン殿、よくぞ来てくださった。顔をあげてくだされ」

ラエリンの王は細長い印象の痩《や》せた男性だった。生真面目そうな顔つきと、顎《あご》から伸びた髭《ひげ》が特徴の、神経質そうな外見だ。ピルンに対して笑みを浮かべながら親しげな言葉を発しているが、どこか緊張感があるのが気になった。戦争寸前というラエリンの現状を考えれば当然か。

王の言葉に応えてピルンが顔をあげた。私とフィンディは跪いたままだ。そういえば、跪くのは初めての経験だ。

「以前来訪された時よりも人数が増えておりますな」

「この二人は私の護衛です。カラルドで危ないところを助けて頂いて以来の縁です」

嘘は言っていない。

「おお、そうでしたか。護衛のお二人も顔をあげてくだされ」

言われて顔をあげる私とフィンディ。すると、笑顔を浮かべていたラエリン王の顔が固まった。

「…………」

「陛下、どうされましたか？」

突然沈黙した王に対して、太った大臣が聞いた。権力が豪華な服を着ているような、いかにも悪い大臣といった見た目だ。ある意味、貴重な人材かもしれない。

いや、人材ではないな。

私の魔力探知はこいつが魔族であると告げている。それは謁見の間に入った瞬間にわかった。

犯人に目星がついたので、とっとと話を進めてしまいたいが、いきなりこちらから手を出すわけにはいくまい。ここは我慢だ。

大臣の言葉を無視して、王は震える声でフィンディに問いかけていた。

「そちらのエルフの方、名前は、なんと？」

どうやら、ラエリン王はフィンディの顔を覚えていたらしい。考えてみれば、ノーラ姫の護衛の男でもわかったのだ。国王が近隣国の重要人物を知らないはずはない。

フィンディは顔をあげて答えた。

「フィンディじゃ」

フィンディの名乗りを聞いて、謁見の間がにわかにざわついた。文官は単純に驚きを、騎士達は恐れを含んだ声音だった。彼女の悪名は、しっかりこの国にも響き渡っているようだ。

「もしや、カラルド王国の大賢者殿では？　いや、間違いない。以前、お会いしたことが……」

「……本人じゃ。理由あって、冒険者としてこの者の護衛をしておる」

驚愕する王に対して、フィンディは頷きながら答えた。

「ひ、跪くのはやめてください。本来ならば国賓としてお迎えしなければならないのですから。そちらの灰色のローブを着た魔術師の方もです」

どうやら私も無視されずに済んだらしい。せっかくなので、立ち上がって王に挨拶をする。

「バーツと申します。フィンディと共に普通の冒険者をやっているもので……」

「ワシの古い友人じゃ」

「でしょうね。フィンディ殿を呼び捨てする方など見たことがありません」

結局、三人とも立ち上がって王と話すことになった。ちょうどいいので大臣の様子を窺う。

他の者と同じく驚いた素振りを見せているが、それ以上の変化はない。フィンディの正体を知って、自分が狩られる可能性を察しているのかどうかまでは読み取れない。

「フィンディ殿はカラルド王国から動かないと思っていたのですが、どのような理由があって、ピルン殿と旅をしているのですか？」

王が敬語だ。一国の王からこれだけの恐怖交じりの敬意を抱かれるとは、フィンディはすごい。

私より魔王に向いているんじゃないだろうか。

「人間達の世界が大分変わりつつあるようじゃからな。森の世話も終わったことだし、古い友人と旅に出たのじゃ。その途中、ピルンと出会ったというわけでのう」

「主に見聞を広めるための旅ということでしたので、私の方から同行をお願いしたのです」

「なるほど。ピルン殿との旅ならば、この大陸の変化を知るのに最適でしょうからな。フィンディ殿が森から出たのはいつぶりですかな？」

「およそ500年ぶりじゃな。色々と世の中が変わっておって驚いておる。この国も少し変わったようじゃのう」

「500年……。それだけあれば、人間の国に変わらぬことはありませぬでしょう」

一瞬、フィンディがこちらを見た。間違いない、彼女は何かを始める気だ。

私は魔術を使う心の準備をしておく。ピルンの方も自然な動作で手足の位置を変えている。どうやら、察してくれたようだ。

「そうじゃな。人間の国も変わったものじゃ。何せ、魔族に王宮を意のままにされているのじゃからのう」

フィンディの発言で、一瞬だけ空気がより張り詰めたものになった。フィンディはどの王宮とは言っていない、だが、重大な内容だ。大森林の賢者の言うことは重みが違うし、内容が普通ではない。

大臣の方はと言うと、驚愕に目を見開いていた。それは人間としてか、魔族としての反応なのか……。どちらにせよ、フィンディの目的は察したはずだ。

「ど、どういうことですかな、フィンディ様？　もしや、エリンの王宮でそのようなことが……」

うん、察したらしい。

嫌な感じの汗をだらだら流しながら、会話に割り込んできた。相手は神世エルフだ、普通に戦って勝ち目はない。どうやってこの場を切り抜けるか必死に考えているのだろう。

「安心せい。エリンの王宮のことではない。この王宮の話じゃ。というか、お主は何者じゃ」

「この王宮の大臣です！　無礼ですぞ！　この王宮が魔族に乗っ取られているなどと！」

「ピルン。王を守れ」

「はっ」

急にでしゃばって喋りだした大臣に、黙り込む王……周囲の者はどうすべきか判断に迷っているようだ。この大臣が魔族で間違いないが、王宮で洗脳されたのはどの程度だろうか。最悪、この場にいる全員でもおかしくない。

「そ、そういうことなら、こちらにも言いたいことがありますぞ！　エリンの冒険者ギルドに現れたノーラ姫を助けた冒険者は、貴方がたではありませんか!?　銀髪の小柄なエルフ。灰色のローブを着た魔術師。ピット族の男性。特徴は全て一致します！」

すでに私達のことは王宮に知れ渡っていたらしい。フィンディの存在には気づいていなかったようだから、ノーラ姫を助けた冒険者がのこのこやってきてくれて助かったくらいに思っていたのかもしれない。

はっきり言ってそれは正解だ。我々はお前を倒すためにのこのこ正面からやってきたのだ。

「情報が早いのう。その通りじゃよ」

「聞きましたぞ！　この者達を捕らえよ！　ノーラ姫を匿《かくま》った重罪人だぞ！」

周囲の騎士達が武器を抜く音が聞こえた。目の前の騎士団長も剣を抜き、こちらにやってくる。王と大臣の間に割り込んだピルンは標的から外されている。どうやら、私とフィンディを目標とした命令らしい。

周囲の人間の表情を盗み見るが、全員動きに迷いがない。全員洗脳済みというわけだ。

「フィンディ、やれ！　そいつが魔族だ！」

「任せるのじゃ！」

フィンディが杖を高々と掲げる。先端に付いた宝玉から青い光が瞬く。

「馬鹿な！　謁見の間は防御魔術で何重にも守られている！　自分から捕らえてくださいと言っているようなもの!!」

大臣の言葉通り、王城の防御魔術は発動した。

壁にあった獣の装飾から、魔術で編まれた鎖が吐き出された。赤く輝く鎖に捕まったら怪我は避けられないだろう。

その鎖が、フィンディめがけて3本向かってくる。

「魔術に反応するようだが、この程度ではな」

私はフィンディの前に立ち、右手を軽く振る。防御障壁を周囲に展開、私とフィンディの周囲に魔力の壁が生まれる。

鎖の防衛魔術はよくできていて、3本とも障壁に巻き付いてきた。締め付けて障壁を削り、そのまま私達を捕らえるつもりなのだろう。

「捕まりましたな！　いかな大賢者の仲間といえど、その鎖から逃れることは不可能！」

「ふんっ！」

私は障壁から手を出して鎖を掴《つか》み、そこに魔力を流し込んだ。

閃光と共に、限界以上の魔力を流し込まれた3本の鎖は崩壊した。ついでに、壁の装飾も吹き飛んだ。これは後で怒られないだろうか。

「馬鹿な！　数百年かけて築き上げた防御魔術だぞ！」

大臣が腰を抜かすほど驚いている。

数百年程度で作り上げられた魔術など、私の前では無力だ。力技で吹き飛ばすだけで吹き飛んだ。

「フィンディ！　やってくれ！」

「うむ！　任せるが良い！」

私の声に答えたフィンディが、宝玉を青く輝かせた杖を高く掲げる。一瞬だが、宝玉の中で展開される複雑な魔術陣が見えた。精神に干渉する魔術はなかなか複雑だ。

防御魔術を吹き飛ばした私達の周囲に、剣を抜いた騎士が近づいてくる。ピルンは大臣と王と距離が近過ぎるためか、騎士達は手を出さない。

今このタイミングで洗脳を解かなければ、戦闘になった際に、人間に巻き添えを出してしまう。

フィンディの魔術が頼みだ。

「邪悪な魔術を消し去る浄化の光じゃ！　見るがいい！」

フィンディが叫ぶのと同時、杖の宝玉から青い光が放たれた。

明るいが、眩《まぶ》しくなく、優しさを感じる。そんな不思議な光が、杖を中心に謁見の間全体に広がっていく。

「ヒッ！」

光を見た大臣が怯《おび》えた表情で逃げ出そうとするが、もう遅い。あっという間に、室内は青い光に満たされた。

室内の人間全てが、動きを止めた。

そして、ゆっくりと光は色を失い、元の状態に戻っていく。

「こ、これはどうしたことだ？　いや、私はどうしていたのだ？」

最初に声を発したのは王だった。なんとなく、先ほどまでと違って険の取れた、穏やかな雰囲気がある。これが本来の姿なのだろう。

剣を抜いていた騎士達も我に返って佇んでいる。だが、彼らに休んでいる暇はない。

「正気に戻ったのなら、騎士達は王を守れ！　フィンディ！　ピルン！」

呼びかけに答え、私とフィンディの横にピルンがやってきた。彼の手には、先程までと違い短剣がある。

「どうやら、上手くいったようじゃの」

「そのようですね。しかし、問題はここからです」

私達の視線の先には、大臣だったものがいた。

青黒い肌、角の生えた頭部、背中からは蝙蝠《こうもり》めいた一対の翼、人間の時より身体は一回り大きくなり、その影響か服は着ていない。全身には時たま紅く光る紋様が彩られ、大臣の時と同じくせり出した腹にはグロテスクな紋章が描かれている。

それが、魔族としての正体を現した、大臣の本当の姿だった。

元魔王の私が言うのもなんだが、非常に邪悪な姿だ。魔王城にだって、ここまでわかりやすいのはいなかった。

「さしあたって、こいつをどうにかするぞ」

17話「ラエリン城の戦い」その2

私にフィンディ、ピルン、王城の皆さんと、この場の我々の戦力は過剰にもほどがある。対して元大臣は一人。邪悪な外見をしているものの、体内の魔力量を見る限り、それほど強くはない。人間を洗脳する能力こそが彼の本領で、それが破られた今、袋のねずみ状態といったところだろう。

これでは相手に勝ち目はない。弱い者いじめは好むところではないので勧告してみる。

「あー、元大臣。降伏したまえ。今なら命までは取られないと思うぞ」

「貴様、馬鹿にしているのかっ！」

「そうじゃぞバーツ。なんで交渉から始めるのじゃ。ここは景気よくワシらが魔族を吹き飛ばすところじゃろ」

元大臣とフィンディの双方が私を非難してきた。

「いや、戦力的にこちらが圧倒的だからな。それに、なんでラエリンを陥れようとしているのか知りたいしな」

何故《なぜ》、魔族がわざわざ人間のふりをして王宮に入っていたのか。

何故、エリンとラエリンに国同士の戦争を起こそうとしていたのか。

非常に気になるところだ。理由を知りたい。

それに、元大臣は今のところ、二国間の関係を悪化させはしたものの、致命的な出来事まで起こしていない。すぐに殺すのではなく、情報源として利用すべきだろう。

「なるほど、貴様が欲しいのは情報だな」

「そうだ。だから大人しく投降しろ。元大臣、お前に勝ち目はない。私はともかく、そこの神世エルフは血と闘争に飢えている。魂まで消されるぞ……」

「物騒なことを言うな。そこまでのことは滅多にせん」

できるのか、魂の消滅。しかも血に飢えている点は否定しないのか。神世エルフは怖い。

「悪いが私もフィンディもお前を逃がすつもりはない。大人しく捕まるのが身のためだと思うぞ」

私の忠告に対して、元大臣は醜い顔をさらに歪めながら答えた。

「断る！　そもそも捕まったところで命があるとも思えん！　俺が貴様らに殺されると誰が決めた！」

「交渉決裂じゃな、よし殺そう」

「落ち着けフィンディ。殺しはダメだ、情報は必要だ」

流れるような動作で、杖に魔術を準備し始めたフィンディを押しとどめた時だった。

「貴様らはどうかわからんが、この王宮くらい軽く吹き飛ばしてくれる！」

怒りと共に元大臣の翼が翻った。翼の表面に魔力が走り、身体が浮かぶ。元大臣の右手が輝く。魔力が集まっているのだ。謁見の間の天井は高い。上から魔術を叩き込む気だ。

「無駄なことを……」

私が迎撃の魔術を出そうとすると——

「与えよ・我が身に・風の翼を・疾風が如く・滴落ちる時で」

ピルンの短文詠唱が聞こえた。

次の瞬間、私が認識できないくらいの速さで、ピルンが空中へ向かって高速移動を開始した。

ピルンの動きに元大臣も反応できない。

空中を駆けたピルンが大臣と交差、その一瞬で、彼は握った短剣を振りぬいた。フィンディから渡された神世エルフの短剣は、魔族の右手の手首から先を、特に抵抗を感じさせることなく切り飛ばした。

一瞬だった。元大臣の手首が飛んだと思ったら、ピルンはもう私の隣に着地していた。

「申し訳ありません。危険だと思いましたので、反射的に」

「いや、問題ない。私の魔術だと、あれの命が終わっていたかもしれん」

冷静に、淡々と報告するピルン。装備の力もあったろうが、見事な業前だ。

「う、腕があああ！　俺の腕があああ！」

元大臣の方はと言うと、無くなった右手を押さえながら、空中で絶叫していた。治癒魔術も併用しているらしく切り口から出血はしていないが、とても痛そうだ。これで戦意喪失してくれないだろうか。

「もう一度言う、降伏しろ。お前に勝ち目はない」

「ぐぅ……」

「流石に勝ち目がないのはわかるじゃろ？　悪いが逃がすつもりもないぞ。いや、ワシとしては抵抗しても構わんのじゃがな」

フィンディが杖を向けて言う。この女、きっと心の中では「全力で抵抗しろ」と思っているに違いない。

「……決めたぞ」

「おお、降伏する気になったか」

「こうなったら魔族らしく、できる限り大暴れしてやる！」

追い詰められたからといってヤケクソになることもなかろうに……。

元大臣は全身から魔力を放出し始めた。効率も何もない、とにかく暴れる構えだ。自爆とも言う。

「最近は命を無駄にする輩が多いのな……」

やれやれと私が眠りの魔術を準備しようとした時、突然、室内に声が響いた。

「よくぞ言った」

直後、元大臣を貫いて、腹部から剣が現れた。

◆　　◆

「ぐっ、な、なんで……」

空中で背後から剣で貫かれた元大臣。

いつの間にか、彼の後ろに一人の男が現れていた。

「おお、イケメンじゃ」

フィンディの言う通り、謁見の間に新たに登場したのは非常に顔の整った男だった。

金髪に褐色の肌。ちょっときつい感じのする顔。黒い服の背中からは一対の黒い翼が生えている。

間違いない、彼はイケメン魔族だ。

そして、イケメン魔族の剣に貫かれた元大臣。彼は全身から火を吹き出して燃え始めた。

「あああああああ！　熱いぃぃぃぃ！　やめてぇぇ！」

「何を言う。死ぬ覚悟があったのだから構わんだろう？　遅いか早いかの違いしかない」

目、鼻、口、そして全身から炎を吹き出しながら、断末魔の叫びすらろくに上げることもなく、大臣は燃え尽きてしまった。

あっけないものだ。このイケメンが黒幕なのだろうが、やり過ぎだと思う。こちらへの威嚇も含めての行為かも知れないが、効果的とも思えない。

「さて、こちらの用件は片付いた。騒がしくして済まなかったね」

「済まないも何も、お前誰だ。元大臣のなんだ。何が目的でここに現れた」

私の矢継ぎ早な質問に、イケメン魔族は一瞬、ぽかんとした顔をした。

すぐに気を取り直したらしく、キメ顔で話し始める。

「……随分と余裕だな。いや、大森林の賢者がいれば気も大きくなろうというものか」

どうやら、私の態度の要因はフィンディにあると思ったらしい。勘違いだが、まあいい。こいつを脅威に感じていない事実は変わらない。

ふと、ピルンに目を向けると、既にラエリン王を守る位置にいた。優秀だ。この場合、一番危険なのは王だ。

「いきなり現れたお主、何者じゃ？　察するに黒幕と言ったところに見えるが」

「これは失礼を。私はゴードと申す者。この地域に住まう魔族でございます」

私と違ってフィンディの質問には答えてくれるようだ。ここは彼女に任せておこう。

「何故ここに現れたのじゃ？」

「簡単なことです。この王宮に送り込んだ配下がボロを出したので処罰に来た。それと、神世エルフ一目見てみたいと思いましてね」

なるほど。こいつの狙いはフィンディというわけだ。とはいえ、彼女を見て満足して帰る気は無いに違いない。

「ほう。それで満足かの？」

「ええ、満足ですとも！　それにしても、ハハっ！　まさか伝説の神世エルフがそのような少女の姿をしているとは！　いえ、全く、長生きしてみるものですね！　このような面白いものが見られるとは！　神秘にして美麗というのは『一部の趣味の者にとっては』といったところでしたかな！」

「馬鹿にされたもんじゃのう……」

いかん、フィンディの奴、滅茶苦茶怒っている。杖を握る手に力が入っているし、体内の魔力が爆発寸前だ。

彼女は外見のことを、あまり気にしていないようで、かなり気にしているのだ。なんでも大昔にそれで仲間からかなりいじられたらしい。

どうにかして会話の流れを変えなければ。

「ゴードと言ったたな。何故、こんなことを企んだ」

「なんだ貴様は？　いや、冒険者か。まあ、いいだろう。教えてやる。ちょっとした理由があって、私には手土産が必要だったのだ」

「手土産だと？」

ほほう、ちょっとした理由が「手土産」か。非常に興味深い。

「そう、私の策略で人間の国同士が泥沼の戦争になったという手土産だ。まさか、こんな形で失敗するとは思わなかったがね」

「それは残念だったな。もう帰ったらどうだ」

「帰るとも。彼女のおかげで、もっと面白い土産を思いついたからな！」

言いながら、ゴードは懐から手紙を取り出し、気取った動作でフィンディに向かって放り投げた。

フィンディはそれを受け取り、中身を見る。

「これは、使い捨ての転移魔術陣じゃな」

「いかにも。神世エルフ、フィンディ、貴方を私の城に招待しよう。そこで我が物となるのだ」

なるほど。そういうパターンか。城に行けば趣向を凝らした催しが待っているに違いない。

「好き勝手言われたものじゃのう……」

「勿論、仲間を連れてきても結構だ。世界最後の神世エルフを手に入れるには相応の労力が必要であろう」

陰謀が破綻したから狙いを変える。臨機応変な奴だ。

「そうだ、忘れていた。王宮の諸君には、お詫《わ》びにエリンの王子の居場所を教えよう。この城の地下にいるよ。貴人用の牢屋というやつにな」

どうやら、王子の居場所は予想通りだったらしい。ひとまず、彼女からの依頼は解決できそうだ。

ここで王子の居場所を教えてくれるということは、ゴードの狙いは本当にこの国からフィンディに移ったということだろう。大物狙いはいいが、見込みが甘すぎる。

「それでは、世界最後の神世エルフよ。我が城でお待ちしております」

優雅に礼をしながら去ろうとするゴード。ゆっくりと彼の周囲に魔力が満ちていく。転移魔術で去るつもりのようだ。

その光景を眺めながら、私はふと思った。

――こいつをここで逃がす理由、ないんじゃないか？

王子の居場所はわかった。全ての黒幕はこいつだ。しかも、私にとってかなり興味のある事情を抱えているように見える。

本人はここで自宅に帰って、フィンディの歓迎会の準備でもしたいようだが、私達がそれに付き合う理由も道理もない。

何より、ここで捕まえた方が手っ取り早い。

「悪いが。お前はここから帰ることはできない」

ゴードに向かって、私は右手を向ける。我が魔力が練り上げるのは、鎖の魔術。先程、城の防衛魔術として発動し、私達に向かってきたものだ。それを更に強化した上で行使する。

右手から放たれたのは白銀に輝く3本の鎖。行き先はゴードではなく、彼が展開し始めていた転移魔術陣だ。

「なんだと！」

ゴードが驚愕した一瞬に、鎖の魔術が転移魔術陣を貫いた。強力な魔力の奔流に、陣は一瞬で消し飛ばされる。

「馬鹿な……。我が魔術がこうも簡単に……」

「実力の差というものだ。悪いが、逃がす理由がないのでな」

私はそのまま鎖の魔術を操って、ゴードを捕らえにかかる。彼には回避不能、脱出不能の魔術だ。

その時、予想外のことが起きた。

「ごぶはあああ！」

どういうわけか、私の鎖が搦《から》めとる前に、ゴードが派手に吹っ飛んだのだ。

かなりの威力の何かが直撃したゴードは、そのまま謁見の間の壁に激突し、床に落ちた。尻をつきだした間抜けな格好での着地だ。

それにしても、すごい威力と速さの魔術だった。

こんなことができるのは、この場に一人しかいない。

「バーツよ。そういうことなら、ここはワシに任せて貰おう」

ちらりと横目で見やると、輝く杖を手にしたフィンディが、怒りのオーラを発しながら、私に宣言した。

18話「ラエリン城の戦い」その3

「調子に乗るなよ！　エルフ風情が！　業火よ・怒りよ・我が敵を焼き尽くせ！」

短文詠唱と同時に、ゴードの全身に身に着けた魔術具が一瞬輝く。強力な魔術を行使するために、かなりの魔術具を装備をしているようだ。

ゴードの右手から強力な火球が放たれる。立っている私のところまで熱気が伝わってくる。赤より白に近い色の火球だ。当たったらひとたまりもないだろう。

「そんなものがワシに届くと思うたか！」

フィンディが一喝しながら杖を振るうと、輝く青い光が放たれた。打ち出された光は火球を吹き飛ばし、そのままゴードに直撃。

「ぐおっ！　お……お……おぅ……」

どうやら相手を吹き飛ばすタイプの魔術ではなかったらしい。だが、しっかりダメージはあるのか、その場で立ち尽くして悶《もだ》えるゴード。

気にしていることを馬鹿にされたフィンディのことだ。じわじわと陰湿に攻めるつもりに違いない。

「どうした？　もう動けぬか？　ワシはまだ一歩も動いておらぬぞ」

「な、なめるなぁ！　輝ける闇・無数の矢となりて・刹那《せつな》の速度・我が敵を打ち貫け！」

再びゴードの短文詠唱。

黒く輝く矢が彼の周囲に発生し、恐ろしい速度でフィンディに殺到する。直撃すれば、全身を貫かれることだろう。

ところが、殺到する矢を前にして、フィンディは一歩も動かない。それどころか、余裕の笑み（怖い）を浮かべながら、杖を掲げる。

「無駄じゃ！」

一瞬、フィンディの杖から閃光が放たれると、黒く輝く矢は速度を失い、全てが床に落ちた。魔力で作られた矢は、そのまま消えていく。

「なん……だと……。なんだ、その魔術は」

「大したことはやっておらぬ。ワシの魔力で無理矢理魔術を止めただけよ。ま、格が違うということじゃな」

「…………」

あ、ゴードが一瞬だけ、絶望の顔をした。

これは私の推測だが、ゴードは若い魔族なのだろう。５００年前の勇者と魔王の戦いを知らないくらいの年齢ではないだろうか。勇者や魔王など、少しでも神に関わる存在の強さを知っていれば、あんなに油断と自信を満載して私達の前に出てこない。少なくとも、ここまで無策で無力ということもないはずだ。

　私は彼の持つ情報に興味があるので、フィンディがやりすぎないか心配だ。だが、怒りモードの彼女に一言進言するのはかなりの勇気がいる。

　いや、ここはお願いしておくべきだろう。

「フィンディ、殺しては駄目だぞ。情報を引き出せないレベルの精神崩壊もだ」

「わかっておる！　むしろ手加減が難しいくらいじゃ！」

　振り返らず答えたフィンディの声音は若干いらついていた。もしかしたら、思った以上にゴードが弱くて暴れ足りないのかもしれない。

「ゴードとやら、運がいいのう。我が友バーツの願いで、お主の命だけは勘弁してやる。ま、顔しか価値のないお主のような魔族など、殺すまでもないがの」

「お、おのれえ！　言わせておけばああ！」

　ゴードが何もない空間から剣を出した。豪華な装飾の赤い剣だ。元大臣を貫いて焼き殺した剣だろう。放たれる魔力からそれなりに強力な魔剣だとわかる。

「燃やしてくれる！　顕現せよ！　地獄の業火！　我が剣に！　焼却！」

　ゴードの剣から炎が溢れる。そのまま溢れた炎が剣にまとわりつき、炎が刃になった。触れたら

熱いでは済まない、炎の刃の魔剣だ。

「消し飛ばしてやる！　疾風の翼よ！」

ゴードが翼を広げる。高速でフィンディに突撃する気だ。

「暑苦しい輩じゃのう」

フィンディが杖を掲げる。周囲に青い光がちらつく。小さく冷たい青い光、その一つ一つに、驚くほど強大な魔力が込められている。

「ゆけぃ！」

合図と共に、ちらついていた青い光が一筋の線となって、ゴードに殺到した。

「なっ！　ぐっうううぅ！」

まず、光の一つが魔剣に直撃。一瞬だけ魔力の拮抗《きっこう》が起きたが、あえなく剣が切断された。

更に、残りの青い光線がゴードの翼を切り裂いた。飛び立つ寸前の体勢だったゴードは、たまらずそのまま地面を滑る。

地面を這《は》いながら、怯えを含んだ声でゴードは叫んだ。

「我が魔剣イフリーティアが！　魔族が鍛え上げた剣だぞ……！」

「こっちは神から授けられた魔術じゃよ。見込みが甘かったのう」

「ま、まだ終わってはいない！」

ゴードが指を弾《はじ》くと、彼の目の前に魔術陣が作り出された。転移の魔術陣だ。

「む。人間だと……」

魔術陣から人影が現れた。私の周囲がにわかに騒がしくなる。

「あ、あれはアキュレー王子！」

転移してきたのは貴人用の牢屋にいるはずの王子だった。彼はうつろな目でぼんやりとそのまま立ち尽くす。まともな状態でないのは明らかだ。

「お、王子は我が支配下にある。王子に自害されたくなかったら、攻撃を止めるのだな！」

「ふむ。人質か……」

これがゴードの切り札だろう。王城の人間には非常に効果的だ。現に、私の周囲から「王子を助けて！」的な声が沢山聞こえる。

「人質とは進退窮まった感じがするのう。ゴードよ」

フィンディは余裕の笑顔でゴードを見据えていた。

ゴードはどこからか短剣を取り出すと、アキュレー王子に手渡した。覚束ない動きでそれを受け取った王子は、刃を自分の首に向ける。

周囲の人々が息を呑むのが伝わってきた。フィンディは余裕の笑みを浮かべたままだが、「王子とゴードを纏めて気絶させれば良い」くらいのことを考えていそうで、これはこれで怖い。

「フハハハ！　どうだ手出し出来まい！　調子に乗るからこうなるのだ！」

調子に乗っているのはゴードの方だと思うのだが、それを指摘する者はいない。

よし、せっかくだから、フィンディを援護してやろう。王子にかかっているのは元大臣の使っていた洗脳のような魔術に見える。それを解除したフィンディの魔術を参考にすれば、私でもどうにか出来そうだ。

王子の身体に巣食う邪悪な魔術を吹き飛ばす、解呪の魔術。速度と威力を重視して、単体用の魔術として組み上げる。魔術が当たった拍子に短剣で怪我をする可能性もあるが、すぐに治癒すればいいだろう。

「おい、そこの魔術師、何をしている！」

「遅いな。王子は返して貰うぞ」

言葉と同時、私は右手から解呪の魔術を発動した。高速の青い光球が王子の腹に向かって一直線に射出される。

「ごふっ」

アキュレー王子が身体をくの字にして吹き飛んだ。手に持った短剣が床に落ちる。よし、狙い通りだ。

王子はそのまま謁見の間の石床の上を少し滑って、動かなくなった。

「…………」

場に沈黙が満ちた。

いかん。威力を間違えたかもしれん。当たった瞬間に正気に戻る予定だったのだが。ちゃんと解呪の効果はあったのだろうか、まさか、吹っ飛んだだけじゃないだろうな。

「う……。ここは……謁見の間？　なんで僕はここに？　みぞおちを強打されたような痛みは一体？」

おおっ、という歓声が私の周囲から上がった。良かった、王子は正気に戻った。ついでにゴードからも離れてくれた、今がチャンスだ。

「フィンディ、もう大丈夫だぞ！」

「なんとも微妙な魔術じゃったが、礼を言う！」

元気よく返事をしながら、あまりの状況に床に座り込んだまま、呆然《ぼうぜん》としているゴードに向かって、フィンディが近づく。

杖を突きつけ、彼女は勝利宣言を行う。

「切り札である王子も見ての通りじゃ。お主の負けを認めよ」

「こ、断る。まだ俺は負けていない」

「そうか」

直後、電撃がゴードを襲った。

「ぬおおおお！」

しばらく苦しんだところで、フィンディは電撃を止めた。

「降参せい。命までは取らぬぞ」

「だ、誰が降伏など」

「そうか」

再び電撃。

「ぬほおおおお！」

「命までは取らぬ。じゃが、お主が降伏するまで死なない程度の魔術をかけ続けるぞい」

悪魔か、この女は。

「降伏はない！　私は誇りある魔族んほおおおおおおおお！」

ゴードの誇りある言葉への回答は問答無用の電撃だった。イケメン魔族がすごい顔になっている。

このまま変な趣味に目覚めなければ良いが。心配だ。


結局、フィンディの電撃ショーはその後、15分ほど続いた。

ゴードは完全に心をへし折られて、フィンディに降伏したのだった。

19話「戦いの後始末」

「と、いうわけで。こいつが全ての元凶なのです」

「ほれっ。誠心誠意謝らぬかっ」

「も、申し訳ありませんでしたぁ！」

ラエリン王城、謁見の間で、フィンディに小突かれながら、ゴードは土下座していた。

この場所で、フィンディが戦いという名の一方的な何かをしてから、３日が経過している。

その間に、色々なことが片付いた。

まずは、私達の連絡を受けたロビンがノーラ姫を伴って城にやってきて、アキュレー王子と感動の再会を果たしたことだろう。これは素直に良いことだった。うっかり王子が殺されていたら、大変なことになっていた。

その後、ラエリン王は私達と共に、今回の事件の全容の説明やら謝罪やらのためにエリンに向かい、「操られていたなら仕方ないな」と納得して貰って、事なきを得た。難しい交渉だと思ったが、何故かフィンディの姿を見た人々が怯えていて、話を円滑に進めてくれた。どうやら、王城での一件は、思った以上に早く広まったらしい。

そして現在、場所はラエリン王城謁見の間である。

中央に正座したゴード。その周囲に私とフィンディとピルン。そして眼前にはエリンとラエリンの王。ノーラ姫、アキュレー王子、護衛の男、ロビン。他、国の要職の方々。そうそうたるメンバーが揃《そろ》っている。

今日は、ゴードの処遇を決める日である。

正直、死刑だと思う。

◆

◆

私達もこの3日間、何もしていなかったわけではない。ゴードを連れて、エリンの王城まで行ったりしている間に、きっちり情報を聞かせてもらった。フィンディがちょっと杖を見せるだけで、彼はペラペラと話してくれるのだ。

魔族を収監する部屋がないとのことだったので、貴人用の牢屋にゴードを放り込んだ上で、私達による尋問は行われた。

「さて、ゴードよ。私の質問に答えて貰うぞ。安心しろ、私は君に手出ししない。手出しするのはそこの神世エルフだ」

「ふん。脅せば私が喋るとでも思ったか」

「そうじゃな。では、精神を支配するのじゃ」

「やめてください私が悪かったです知ってることはなんでも話します」

杖を構えただけで土下座とは、余程のトラウマになったのだろう。気の毒に。フィンディの暴れっぷりを見ていたラエリンの人々もドン引きしていたし。つくづく恐ろしい女である。

「安心しろ。私は手荒なことをする趣味はない。それで、なんでこの国に手を出した。手土産とは何に対してだ。詳しく説明しろ」

質問に対して、ゴードはこちらの顔をじっと見た後に、口を開いた。

「……バーツと言ったな。お前、魔族か？」

「……そうだ」

カラルドでも言われたが、雰囲気でわかるのだろうか。別に隠すことでもないので、正直に答えた。何、不利益になりそうなら、対処すればいいだけだ。命を奪うだけが、方法ではない。

「ならば何故わからない。一週間ほど前、強大な魔族がこの世界に生まれたのがわかったはずだぞ。あれは、伝説の魔王様の復活だ」

「……魔王の復活か。それは私も察知している」

「ならば何故動かない！　魔王様が復活されたなら、人間共と雌雄を決する時だろう！　私はその先触れとしてこの国を血祭りに……」

「うるさいのじゃ。落ち着いて話せ」

「ぬほおおおお！」

フィンディの電撃でゴードがのたうちまわる。ちょっと気軽に電撃しすぎている気がして心配だ。

イケメンに電撃する趣味にでも目覚めたのだろうか。

ともあれ、収穫はあった。ゴードの行動理由はやはり魔王の復活だった。

「ゴード、お楽しみのところ悪いが、もう一つ聞きたい。この国の件は君の独断で、魔王から命令されたわけではないのだな？」

「ぬほっ！　そ、そこが不思議なところなのだ。魔王様が現れた場合、我ら魔族には問答無用の命令がくだされるはず。しかし、いつまでたってもそれがない。だから私は自主的に世界に混乱を起こそうとしたのだ」

「なるほど、よくわかった。そうだ、大臣をやっていた魔族は君の配下か？」

「そうだ。このような時のために数十年前から潜り込ませていた。情報収集というやつだな」

どうやら彼は魔王の復活を感知して、自主的に動いた魔族のようだ。数十年も前から配下を潜り込ませるとは用意周到なことだ。もっとも、魔族は寿命が長いので、人間からすると大体が気長に見える行動をする傾向があるのだが。

「どうでしたか、バーツ様？」

横で見ていたピルンが聞いてきた。彼の手には油断なく短剣が握られており、ゴードが何かすれば、すぐにでも首を刎《は》ねる構えだった。実に有能である。

「うむ。いくつかの収穫はあった」

魔王の復活は間違いないこと。

魔族はそのことに感づいている可能性があること。

そして、魔王は魔族を使役していないらしいこと。

最後の一つが重要だ。復活した魔王がその力を振るえば、世界中の魔族に命令できる。魔王の力は強大なので、その命令から逃れるのは難しい。

だが、今の魔王は命令が出せない。

その理由は想像がついている。

私はローブのポケットに入っているものにそっと触れた。

——魔王の証。私が魔王時代に常に身につけていた物であり、パジャマと共に残された唯一の財産。

魔王の証はただの金属の板ではない。様々な能力を内包している。その中でも最高のものが、魔族への命令権である。

つまり、真の魔王がこの証を持つことで、魔族への命令が行使できるようになるのだ。

ちなみに私は、先代魔王から後を託された臨時魔王なので、この証を使いこなすことはできなかった。配下の情報を知るくらいがせいぜいだ。

どういう理由かわからないが、私の手元にこれが残ったおかげで、魔王は思うように命令できず、動けないのだろう。

てっきり力が失われたと思っていた魔王の証だが、きっちり役割を果たしていたのだ。

これは良いことだろう。少なくとも、私の手元に証がある限り、魔王による人類侵略が遅れることになる。

魔王が命令できないならば、私が元配下と会話ができる可能性も高い。戦争状態になっていれば、別れの挨拶どころではない。

これから先どうなるかわからないが、私がこの証を持っているのは意味あることだろう。

「よし。私からの質問は終わりだ。フィンディ、他に何かあるか？」

「いや、何もないのじゃ。ゴードよ、ここはワシの魔術で閉じておくから、出られるとは思うでないぞ？」

「も、もう好きにしてくれ……」

項垂《うなだ》れるゴードを尻目に、私達は牢屋から外に出たのだった。

◆

◆

謁見の間で正座するゴードを見ながら、私は思う。

情報を引き出した以上、ゴードはもう用済みだ。このまま順当に行けば、死刑だろう。そのくらいの脅威を、この魔族は国家に与えた。

しかし、果たしてそれでいいのか。もっと別の道があるのではないか。

私は「死刑も仕方ない」と思いつつも、別の可能性を考慮していた。

「確かに、私達はこの魔族にいいように操られていたようだ。大森林の賢者フィンディ殿とその御友人がいなければ危ないところでした。この国を代表して、お礼申し上げる」

ラエリンの国王が礼をすると、周囲の面々もそれに続いた。幸せそうに並んでいるノーラ姫とアキュレー王子も同様だ。

「それで、この者の処遇はどうするのじゃ？　ワシはそなたらに任せるべきじゃと思うのじゃが」

「言うまでもないこと。この国に災いを呼び込んだ魔族など、首を刎ねれば良いでしょう」

エリンの国王が吐き捨てるように言った。ゴードが出てこなければ、余計な心労を重ねる必要はなかったわけだし、迷惑を被った被害者としては当然だろう。

「私も異存はありません。邪悪な魔族は成敗され、大賢者の伝説に新たな一説が加わり、この国は平和になるのです」

ラエリン王が厳かに言った。大賢者の伝説か、あの暴力がどれだけ美化されて記録されるのかはちょっと興味がある。

このままゴードの処刑に移るかと思った時、家臣の一人が発言した。

「ところでフィンディ殿、この魔族には他に仲間などはいないのですかな？　今回の件で、魔族の恐ろしさが身に沁《し》みました。可能な限り国内から一掃しなければと思いまして」

国家の重臣としては当然の考えだろう。危険要素は排除しなければならない。

「む、そうじゃな。ワシは聞いておらん。どうなんじゃ、ゴードよ」

「し、城に何人か配下がいる……」

「よし、攻め込んで滅ぼすとしましょう。なぁに、親玉が死んだと知れば、魔族と言えど烏合《うごう》の衆でしょう」

「城には戦闘能力の無い魔族もいる、今回の件には関係の無い者も……」

「ふん。魔族如きが何を言うか。戦えなくとも妙な技を使うに決まっておる。一人残らず始末してくれましょう」

家臣の威勢のいい言葉に周囲も盛り上がる。魔族にいいようにやられた人間の反撃の時間、そんな感じだ。

私はそっと、ゴードに声をかける。

「おい、戦えない者がいるというのは本当か？」

私の意図を察したのか、ゴードが小声で答える。

「本当だ。今回の件は、私を中心とした戦闘できる魔族の計画だ。中には私の行動に反対していた者もいる。面倒なので処罰していなかったが」

それはそれで、いきなり処罰された元大臣が気の毒な話に思えたが、今はそれどころではない。

「なんでそんな状況なのにここに来たのだ、お前は」

「ま、負けると思ってなかったから……」

慢心しすぎだ、馬鹿め。いや、こいつを反面教師にして、私も気を付けよう。

しかし、これは問題だ。ことここに至って、ゴードが嘘を言うとは考えにくい。仮に嘘だとしても、その真偽を確かめるくらいはしたいものだ。私にとって、魔族も人間も等しく同じ命、無意味な殺戮《さつりく》が行われるのは本意ではない。

「フィンディ殿の聞き出したところによると、この魔族は伝説の魔王の復活に呼応したとのこと。そのうち魔王との戦いが起きるはず。ここは将来の憂いを断つ意味でも出陣でしょう！」

「エリンとラエリンの友好、そして平和のためですな！」

「魔族に滅びを！」

文官も騎士も大分盛り上がっている。王族達は熱狂に加わってはいないが、それもやむなしという様子だ。唯一、ノーラ姫の近くにいるロビンは面倒くさそうな顔をしていた。きっと、冒険者に面倒な依頼が来る未来の想像をしているのだろう。

隣のフィンディを見ると、少し困っているようだった。ここで一気に魔族討伐の話になるとは思ってもいなかったのだろう。

ピルンの方を見ると、こちらに向かって、「これは、不味いですね」と呟いた。彼の故国グランク王国は魔族と人間が共存している。大陸で魔族への反感が育つのは好ましくないのだろう。

諸悪の根源、ゴードはと言うと、全てを諦めたように、目を閉じていた。

「ゴードよ。潔すぎるぞ、自分と配下の命を諦めるには、まだ早い」

「なんだと？」

訝《いぶか》しむゴードを尻目に、私は王族達の方に歩み寄る。

「二人の王よ。申し上げたいことがある」

私の声に反応した王達が、こちらに目を向ける。

流石、一国の王だ。どちらも周囲の熱狂に浮かされず、冷静だ。

「どうかしたかね、バーツ殿。フィンディ殿の友人である其方《そなた》には、相応の礼をしたいとは思っているが」

「国の恩人には相応の報いが必要だからな。望みを言うが良い」

ちょうどいい、その言葉を利用させて貰おう。正直、言わない方が良いとは思うのだが、言わずにいられない。

「では、遠慮なく申し上げさせて頂く」

私と王達の会話に気づいた周囲が静まった。ピルンが自然な動きで、横にやってきてくれる。きっと、何かあったら私を守ってくれるつもりだろう。その心遣いが、有り難い。

「私は魔族なのです。同胞が無意味に殺されるのは本意ではない。ですので、今話し合われている魔族討伐の件、考え直して頂きたい」

20話「交渉、そして次なる国へ」

「な、魔族ですと！」

「しかし、大森林の賢者の友人とは？」

「まさかこれも魔王の陰謀」

好き放題言ってくれているな。いや、気持ちはわかるが。あと、ゴードが何か呆けた顔でこちらを見ている。別にお前を助けたいわけじゃないんだが。

「静まれ、皆の者。落ち着くのだ。バーツ殿は大賢者フィンディ殿の友人ぞ。魔族といえど邪悪と決まったわけではあるまい」

「し、しかし……」

「勿論じゃとも。確かにバーツは魔族じゃが、魔王如きにいいようにされるような軟弱な輩ではないわ。このワシが最も信頼する男じゃからな」

不安そうにする家臣達をフィンディが自信満々で笑い飛ばす。フィンディの一言で、文官達が安堵の息を吐き、騎士達は剣を収めた。こういう時、彼女の存在感が有り難い。

騒ぎが収まったのに安心すると、今度はピルンが王達の前にやってきた。

「二人の王よ。グランク王国は魔族を国民として認めている王国です」

「そうでしたな。国王陛下の妃《きさき》の一人は、魔族であったはず」

ラエリン王の言葉に、ピルンは頷きながら答える。

「はい。故に、グランク王国としては、人間と魔族の必要以上の争いは望みません。先程の話に上がった無用な虐殺は、我が国としても看過できないかと」

「ふむ……。そうだな、早計であったか」

「しかし、問題は残っているのではないか？　この魔族の話によると、魔王が蘇《よみがえ》ったそうではないか。聞くところによると、魔王は魔族を使役する力があるとか。そうですな、大賢者殿」

口を挟んできたエリン王がフィンディに話題を振った。彼女にしては珍しく困ったように答える。

「うむ。その通りじゃ。魔王は魔族に命令する能力を持ってこの世界に現れる。命令のためには、魔王の証という魔術具が必要なんじゃが……」

言いながら、フィンディはこちらを見た。そういえば、彼女には魔王の証のことを話した記憶が無い。もしかしたら、魔王が証を持っていると考えているのかもしれない。もっと早く相談すればこういう時に楽だったかもしれない。

そう思いながら、私は懐から魔王の証を取り出す。この魔術具について、この場で語るには少しばかり嘘が必要だが、フィンディならきっと上手く話を合わせてくれるだろう。

「魔王の証なら、ここにある」

「なんと……！」

私が王達へ証を見せると。その場の全員が驚きと共に、視線を集中させた。このことを知らなかったフィンディとピルンも同様だ。

『おいバーツ。なんでもっと早くそれを持っていることを話さなかったのじゃ。そして、なんでここで出したのじゃ』

いきなり頭の中にフィンディの声が響いた。魔術による念話だ。私も魔術を使って返信する。

『それに関しては後で謝る。ここは一つ、５００年前にフィンディから私に預けていたという風に話を合わせてくれないか』

『……わかった。ワシが隠し通せと言ったのに、お主が勝手に取り出したことにするのじゃ』

『有り難い。感謝する』

話が早くて助かる。流石は大賢者だ。

「馬鹿者が！　ワシは隠し通せと言ったじゃろうが！　ここで出したらお主がそれを持っていると世界中に広まってしまうぞ！」

なるほど。そういう方向性か。

「す、すまない。だが、ここで出した方が話が早そうだと思って……」

「早い遅いの違いではない！　危険じゃということじゃ！　もうしまえ！」

怒りの指示に、私は慌てて証をポケットに入れた。フィンディはその場でブツブツ言いながら歩きまわり、驚きのまま正座しているゴードに軽く電撃を入れてから、再び王達の前に戻ってきた。

「すまぬな。取り乱してしまった」

「大賢者殿、詳しく説明して頂けますかな」

問いかけるラエリン王。不気味なくらい静まる室内。

フィンディの次の発言を全員が待っていた。私もなんとか話を合わせるために、じっと耳を傾ける。

「そう難しい話ではない。500年前のことじゃ。勇者に倒された魔王から、ワシは魔王の証を手に入れた。危険な魔術具なので回収しておいたのじゃ。そして、ワシが持っていると何かと目立つということで、名前の知られていないバーツに預かって貰っていたのじゃ。この500年、北の魔王と呼ばれる存在はいても、平和であったろう」

「北の魔王、たしか穏健派の魔族と聞いておりましたが、その理由が証にあったと？」

いい具合に勘違いしてくれた。この調子だ。

実は北の魔王がずっと証を所持していたが使う気もなければ、使いこなせもしなかっただけだ。穏健派なのは確かな事実だが。

「うむ。北の魔王は確かに穏やかな魔族のようじゃが。その証があれば、どうなったかわからんの」

そういうことにしておこう。今日からそれが北の魔王の真実だ。フィンディの話は、真実に適度な嘘を交ぜていて、悪くない。

「実のところ、私は証を持っていても使えないのだ。魔王でなければ使いこなせないのだろう。とにかく、私がこれを持ち続ける限りは、魔族に対して必要以上に警戒しないでくれると有り難いのだが……」

「ふむ……。そういうことなら」

エリン王も納得の表情を見せた時、家臣の一人が口を出した。

「お言葉ですが、魔王が復活した今、魔族のバーツ殿が証を所有するのは危険なのではないですか？　心変わりがないとも言えますまい。いっそフィンディ様が持ってくださった方が……」

「バーツはワシの最も信頼する友人じゃ！　魔族と言えど決して裏切ることはない！　それとも、ワシの判断が信じられんと言うのか！」

家臣の発言にフィンディが激昂した。私に対する不信の言葉が、思った以上に彼女の逆鱗《げきりん》に触れたようだ。

フィンディの怒声に、王族や騎士団以外の全員が、怯えきってしまった。

「……もう良かろう。魔王の証の件については、大賢者殿とバーツ殿にお任せしよう。お二人の所にあるのなら、世界で一番安全であろうからな」

ラエリン王が場を取り繕うためにそう言った。

その言葉に、反対するものはいなかった。

場が収まってから最初に口を開いたのはエリン王だった。

「さて、バーツ殿。魔族討伐の件だが、貴方の言う通り、考え直そうと思う」

「ありがとうございます」

私が礼をしようとすると、エリン王は手で制して言葉を続けた。

「しかし、そこにいるゴードとその配下についての問題が解決したわけではない。彼らに対してどう対処したら良いか、教えてくれぬか」

「む……」

いかん。そこまで考えてなかった。魔族の虐殺を防ぐことで頭が一杯だった。

何か…、何か良い方法はないか。ゴードの命を差し出すか？ いや、そうすると忠誠心の高い配下が復讐《ふくしゅう》するかもしれない。人間と魔族の軋轢《あつれき》を必要以上に生み出さない方法を考えねば。

『バーツよ。ワシに案があるのじゃ。文句を言わないなら、助け舟を出してやるぞ？』

『……頼む。そのうち借りは返す』

選択の余地はない。それに、フィンディは私の最も信頼する友人だ。変なことはしない。きっと良い結果に導いてくれるだろう。

私に代わり、フィンディが一歩前に進み出た。

「王達よ、ワシに考えがある」

「ほう、大賢者殿に？」

「うむ。これを使うのじゃ」

　言いながら、フィンディは例のポケットから一つの魔術具を取り出した。

　彼女の手の中に現れたのは真っ白な首輪だ。

「それはなんですかな？　首輪の魔術具に見えますが」

「隷属の首輪と言う魔術具じゃ。これを付けられた者は、付けた者の命令に従う。死ねと言われれば死なねばならん」

　何それ怖い。なんてものを出すんだ、この女は。

「これをゴードにとりつけて、エリンとラエリンのために働くように命令するのじゃ。魔族は能力が高いから使い道は色々あるじゃろう。それに、ゴードが声をかければ、配下の者も従うかもしれん。ゴード、どう思う？」

「……私は元より殺されても文句は無い身だ。好きにしろ。私の配下も、この国で暮らすか好きに生きるか選ばせる。私のこのザマを見ればあえて戦う者はいないだろうよ」

　ゴードは自分の運命を潔く受け入れた。素直な奴だ。魔王の存在を察知するなり陰謀を企むことからしても、猪突猛進なタイプなだけかもしれない。

　フィンディの提案に王も家臣達も怪訝《けげん》な反応を見せた。魔族は優秀な能力を持っているが、いきなり使えと言われても戸惑うのも当然だ。

ふと、私はあることを思いついた。

「そうだ。ゴードは自分の城に金品を溜め込んでいるのではないか？　今回の件の賠償金代わりに二国に没収させるのはどうだ？」

「それは良い考えじゃ、ゴードよ。金品はあるのか？」

「ある。好きにしろ。できれば、それで配下の方を不問にしてくれると嬉しいが」

「うむ。良い覚悟じゃ」

ゴードの返事に、フィンディは満足して頷いた。そして、二人の王とその向こうにいる重鎮達に向かって言う。

「ゴードの方は了承したぞ。お主らはどう判断する？」

重鎮達の視線が、二人の王に集中する。王達は二言三言やりとりした後、順番に口を開いた。

「ラエリンは大賢者フィンディ殿の案を支持しましょう」

「エリンも同様です。大賢者殿の魔術具ならば、いかなる魔族でも抗《あらが》えますまい」

「よくわかっておるのう。これは神話の時代に、ワシではない神世エルフが作り上げた一品じゃ。どれ、ゴードよ。覚悟は良いな？」

「勿論だ」

フィンディがゴードの首に隷属の首輪を押し付けた。すると、魔術具がするりと首を抜けて、装着される。

取り付けられると、白い首輪は淡く輝き始めた。

「魔族ゴードよ。お主は今後、エリンとラエリンのために働き続けるのじゃ。お主が人間を害することは許さぬ。お主が人間を裏切ることは許さぬ。その報いは、命でもって贖《あがな》うのじゃ」

「承知致しました。我が主よ」

短い命令の後、ゴードがフィンディに恭しく礼をすると、首輪がスッと消えた。

「き、消えたぞ？　首にも触れる」

「この場から無くなったように見えるだけで、お主の精神にはしっかりと首輪が食いついておる。首輪が付きっぱなしでは大変じゃろうという製作者の配慮じゃな」

驚くゴードと、説明するフィンディ。どうやら、準備は終わったらしい。

「私ではなくフィンディに解決を頼ってしまったが、これで今回の件を終わりにして貰えると嬉しい」

私の言葉に、二人の王が静かに頷いた。

こうして、双子の国の事件の後始末は、なんとか片がついたのだった。

この後、ゴードをどのように扱うか話しあうための会議を二国間で開くことになったので、私達は先に退室させて貰った。後はもう、双子の国の問題だ。強引にそういうことにさせて貰った。

去り際、フィンディがゴードに向かって言い放った。

「ところでゴード。その首輪じゃが、この世界で外せるのはワシだけじゃ。死ぬまで双子の国に奉仕するのじゃぞ。じゃあの」

扉の向こうで絶望したゴードの顔が見えた気がした。

幕間「婚約の儀」

双子の国での依頼を無事に片付けた私達だが、ノーラ姫の婚約の儀に立ち会うため一週間ほど滞在することになった。断ることもできたのだが、これもまあ、大人の付き合いというやつである。

勿論、新たな魔王は思うように力が使えないだろうという推測もあっての判断だ。

一週間の滞在となると私は暇だ。それなりに長く生きているが、なんらかの趣味などで時間を潰すことができず、無為に過ごすくらいしか知らないという体たらくなのだ。

こんな時は、貴重な人生の先達であるフィンディに頼るとしよう。

そんなわけで、朝食の後どこかに行ってしまったフィンディの姿を捜して、私はラエリンの城内を歩いていた。城の中は広いので、魔力探知を使ってフィンディの居場所をさっさと見つけて、そちらに向かう。

城内の一角にて、フィンディはピルンと話していた。

「そんな形で、すまんがお願いできるかのう……」

「そのくらいならばすぐに用意できますが。もっと良い設備の場所もありますよ？」

「複雑なことをするわけではない。静かな場所があれば十分なのじゃ」

「わかりました。きっと、喜ばれると思います」

何やら真剣な顔で話し合っている。状況的にフィンディがピルンに頼み事をしているらしい。珍しいことだ。

「二人共、こんなところにいたのか。何をしているんだ？」

「バーツ様、おはようございます。ちょっとした仕事の依頼です」

「うむ。ちと、ピルンに工房を用意して貰おうと思ってのう」

「工房？　何を作るんだ？」

フィンディはちょっと考えてから答えた。

「……それは秘密じゃ。ま、後でわかるから安心するのじゃ。ではピルン、頼んだぞ。ワシは少し考えをまとめるために散歩をしてくる」

「はい。準備ができ次第ご連絡致します」

そう言って、フィンディは立ち去ってしまった。彼女が私に対して隠し事をするなんて、余程のことに違いない。一体何を企んでいるのだろうか。気になる。

さて、残ったのはピルンと私。まあ、ここはピルンに聞けばいいだろう。

「それで、フィンディは何を作ろうとしているんだ？　私に話すと都合が悪いようなことなのか？」

「そうですね、フィンディ様も女性だということです」

「なんだそれは、意味がわからんぞ」

「すぐにわかりますよ。では、私はフィンディ様からの仕事を済ませなければいけませんので」

そう言ってピルンは素早く去ってしまった。フィンディの口からでないと話せないことということだろう。秘密とか言っていたし。

これは困った、どうやら、仲間達の中で暇なのは私だけらしい。しかも仲間外れにされてしまった。

いや、私も立派な大人だ。一人の時間くらい過ごすことができる。フィンディも後でわかると言っていたから、何を作るのか楽しみに待つことにしよう。何事も前向きにいくのが大事だ。

……とりあえず、ロビンのところにでも行くとしよう。

◆　◆

ロビンに会うために冒険者ギルドに行くと、彼は以前と同じ席で酒を飲んでいた。相変わらずのハゲマッチョは私を見ると手を上げて挨拶してくれた。

「おう、バーツじゃねぇか。何かあったのか?」

「逆だ。何も無くて暇なのだよ。フィンディとピルンは忙しそうでな」

「なるほどな。それで、話し相手を探してここに来たってとこか」

「そんなところだ」

一瞬で暇人であることを看破してしまった。まあ、仕方ない。

同じ席について、軽食とお茶を注文する。周囲の冒険者達が注目しているが、ロビンに気にする様子はない。

「悪いな。アンタのことは国中に知れ渡っちまってるからよ。皆、気になってしょうがねぇんだ」

「主に暴れたのはフィンディなのだが、仕方ないか……」

ロビンの話によると、王城での出来事や、私が魔族であることは既に国中に知れ渡っているらしい。別に不都合は無いので構わないが、好奇の目で見られるのは嫌なものだ。

「しかし、バーツが一人とは意外だな。どちらかと必ず行動してるもんだと思ったぜ」

確かに私が単独行動するのは珍しい。いや、別に一人で出かけられないというわけではないのだが。そういった用件がないだけだ。真面目に考察すると悲しい気持ちになりそうだから、このくらいにしておこう。

「どうやら、フィンディがピルンに頼んで工房を用意して貰い、何かを作ろうとしているようなのだ。それで、私だけ話に加えて貰えなくてな」

「なるほど。仲間外れか、悲しいな。しかし、フィンディがお前さんに隠し事をするってことは、相当なんじゃないか？」

「そこだ。彼女が何を作ろうとしているのか想像がつかん。何か見当がつかないものかと思ってな」

「そうは言っても、最近知り合ったばかりの俺には難しい話だぜ。だが面白いな、少し考えてみるか」

「酒の肴《さかな》にちょうどいい話題だろう？」

「違いねぇ」

あの神世エルフが工房に籠《こ》もって何を作るのか。当たっても当たらなくてもいい、想像を巡らせるだけでも面白い話題である。

私を仲間外れにするのだから、雑談のネタくらいにはさせて貰おうというわけだ。

「そうだな。今回使った魔術具を補充するというのはどうだろう。あの隷属の首輪だ」

私の推測を聞いたロビンは納得した様子で頷いた。

「有り得そうだ。きっとこれから先も使う機会が多そうだしな」

フィンディの行くところ、トラブルありだ。あの魔術具を使う機会がまたあるだろう。

「次は俺の番だな。あれじゃねぇか、自分がいなくても人間が悪い魔族に対応できるように、スゲェ武具の数々を作るとかどうだ」

ロビンの推測もわかる話だった。今回の件は王城が魔族に精神操作されたのが原因だ。対策は必要だろう。

「それもありそうな話だ。フィンディは気に入った相手に魔術具を贈ることが多い。この国が平穏であるように、何かしら用意するかもしれない」

「やっぱそう思うか。あとはあれだな、想像もつかないようなおっかねぇ魔術具とかよ！」

「城の防衛魔術を強化するというのはどうだろうか。私があっさり破って壊してしまったからな」

「おお、その線もあるな」

そんな感じで、私とロビンの会話はそれなりに盛り上がったのだった。

結論として、「フィンディは何か強力な武具を作っているのだろう」という点で意見は一致した。

◆　◆

5日後、朝から夜までずっと工房に籠もっていたフィンディが、その日は昼前に外に出てきた。

私が与えられた部屋でのんびりお茶を飲んでいると、やり遂げた笑顔のフィンディが入ってきたのだ。ノックもせずに。

「ついに完成したぞ、バーツ！」

「おお、謎の新兵器がついに完成か。良かったな！」

「……何を言っとるんじゃ？」

「いや、工房に籠もって強力な武具を作っていると思ったのだが、違うのか？」

「武具なんぞ腐るほど持っとるワシがなんでそんなことをせねばならんのじゃ」

「次に暴れる時に必要なのかと思って」

「……お主、ワシのことを勘違いしておらんか」

私の発言にフィンディは少しご立腹の様子だ。しまった、「全然わかりません、教えてください」みたいな態度を取るべきだったか。

「作っていたのは、これじゃよ」

フィンディが怒りながら取り出したのは、手の平サイズの箱だった。緑を基調とし、金色の装飾を施されている。フィンディの家の中でよく見かける、神世エルフの細工だ。

「作っていたのは、その箱ではないよな？」

「当たり前じゃ。考えてみれば、お主に隠すようなものではなかったのじゃがな……」

言いながらフィンディは箱を開いた。

中に入っていたのは二つの指輪だった。同じデザインでサイズが違う。色は上品な白でシンプルな形状のものだ。

フィンディが作ったにしては地味だなと思ったが、あることに気づいた。

「この指輪、空気中の魔力に反応しているな……」

「その通りじゃ。流石にすぐ見抜いたのう」

観察しているうちに指輪の表面に虹色の光が瞬き始めたのだ。私の魔力に特化した感覚が、この指輪は世界に満ちている魔力に勝手に反応して輝いていると教えてくれた。どのような技術を使っているのかわからないが、すごい品物だ。

「フィンディがこれを作ったのか……。とすると、強力な武器としての能力があるんだな?」

私の言葉を聞いて、フィンディは渋い顔をした。どうやら外れらしい。

「一番身近な者にそこまで言われると少し傷つくんじゃが……。ただの綺麗な指輪じゃよ。少しばかり、加護の力はあるがの」

「む、すまない。するとこれは、ノーラ姫達の分か?」

「その通りじゃ。この国の婚約の儀では互いに用意された指輪を身につけて祝福するのじゃ。神世エルフであるワシに儀式をやって貰えないかと依頼があったのでな。それで、なんなら指輪も作るぞと言ったら、大層喜ばれてのう」

「それはそうだろうな。フィンディの作った指輪を貰える者など、世界にそういまい」

この世界で最も神に近い存在から祝福されるのだ、こんなにめでたいことはないだろう。

「ところで、なんでこれを私に最初に見せてくれたんだ? 正直、私は美的センスが欠けているので評価できないぞ」

「知っておる。お主にそういうのは期待しておらん」

バッサリ切られた。ショックだ。じゃあ、何をしに来たんだ。

「今からこれをノーラ姫達に渡しに行きたい。……少し心細いので、一緒に付いてきてくれんか?」

もじもじしながら、フィンディがそんな気弱なことを言った。これは、珍しい現象だ。彼女にも乙女心のようなものがあるということだろう。何万年も生きているが、女性だということだ。

「そのくらいならお安い御用だ。しかし、フィンディにこんな女性らしい気遣いができるとは思わなかった。失礼なことばかり想像していたことを謝罪する」

「ワシだって幸せな結婚を祝福したい気持ちくらいあるわい！　全く、失礼な奴じゃ」

怒るフィンディに謝罪しながら、私達は城内にいるノーラ姫とアキュレー王子のところに向かった。

フィンディの作った指輪を見た二人は大層喜び、婚約の儀で使うことを誓ってくれた。ほっと安心した様子のフィンディが、少し新鮮だった。

◆　　◆

翌日、婚約の儀の当日。

儀式はエリンとラエリンの国境である川を中心に行われた。この日のために川には特別な舞台付きの橋がかけられ、両国の国民が城壁や川沿いに集まっている、まさに一大イベントである。

ピルンは国賓として王達の近くの席だ。そして、私はその隣である。目立つのは苦手なので一度は断ったのだが、押し切られてしまった。

橋の上のアキュレー王子のもとに、ノーラ姫が豪華な装飾の施された船に乗ってやってくる、そんな演出で儀式は始まった。

それぞれの国の王と重鎮がこの日を祝う言葉を告げると、姫とは別の装飾を施された船に乗って、フィンディがやってきた。

舞台に設けられた桟橋は使わずに、魔術で浮かんで姫達の前に現れると、民衆から歓声があがった。

今日のフィンディは正装だ。いつもの旅装のローブよりも少し豪華なものを身につけている。儀式の主役は食わないが、エルフらしい雰囲気を出している。場に相応しい服装だ。

「エリンのアキュレー、ラエリンのノーラ。ここに二人の婚約の証として、神世エルフの指輪を用意したのじゃ」

ノーラ姫達の前に立ったフィンディが小さな箱を取り出す。背の低い彼女だがノーラ姫達の前に立っている姿は偉大な賢者そのものだ。

フィンディが指輪の入った箱を開けて、天に掲げた。

世界に満ちる魔力に指輪が反応して、箱から虹色の輝きが放たれる。

その場にいる人々が突然輝きを放ち始めた指輪にどよめいた。歓声を上げることすら忘れさせる神秘的な光景だ。

「ワシは知っておる。エリンとラエリンはこの川で二つに分かれておるが、それぞれの国に生きる人々の心は一つであると。その証拠に、大陸で最も長く栄えておるのがこの二国じゃ！」

人々から歓声が上がる。フィンディが掲げた箱を、ノーラ姫とアキュレー王子の前に差し出す。

「今日、この二人が新たな絆《きずな》を結ぶことにより、二国の絆もより深まるじゃろう」

姫と王子が、それぞれ指輪を受け取る。姫が王子の、王子が姫の指輪を受け取り、それぞれの指に順番に指輪をはめていく。

主の指に収まる一瞬、指輪が一際大きな輝きを放った。

儀式を終えた二人が、振り返ってその場の人々に指輪を示す。

「今ここに、婚約の儀は成った！　双子の国に祝福あれ！」

フィンディが声と共に、空に向かって光の魔術を放った。花火のように魔術は空中で爆発し、周囲に美しい黄金の光が降り注ぐ。

天からは祝福の黄金の光。橋の上には婚約を終えた二人の指輪の虹色の輝き。

双子の国の未来に希望を感じさせる素晴らしい演出だ。

祝福に喜ぶノーラ姫達と、その光景を満足気に見守るフィンディ。

そして、いつまでも続く人々の歓声。

希望に満ちた、素晴らしい瞬間だった。

双子の国で最後に見たこの光景は、私の記憶にいつまでも残るだろう。

幕間「バーツの日記」

【1日目】
今日から日記をつけることにした。双子の国の滞在期間が延びたこともあり、自由な時間が増えたので、いつもと違うことをしてみようと思ったからだ。別にいつもこまめに記録をつけているピルンの真似をしたいと思ったわけではない。

さて、ノーラ姫の婚約の儀に参加することで手に入れた一週間という時間、有意義に過ごしたいものだ。

そう思って昨日は眠りについたのだが、私は早速時間を持て余してしまった。

フィンディはピルンに工房を用意して貰ってそこに籠もり、何か作っているらしい。ピルンの方はグランク王国の使者としての仕事が忙しそうだ。

恥ずかしながら私には仕事に結びつくような技術も、仕事の方から舞い込んでくる身分もないので、時間を持て余してしまった。こういう時は知り合いでも訪ねてみようと考え、エリンの冒険者ギルドに行くと、予想通りロビンがいた。彼も暇なのかもしれない。ベテラン冒険者のはずなのだが。

彼と、フィンディが工房で何を作っているかひとしきり盛り上がった後、私が冒険者らしいことをしていないという話題になった。個人的な考えだったのだが、なんと、ロビンが「そういうことなら俺と一緒に冒険するぞ」と依頼を探してくれることになった。

とりあえず、なんとか明日の予定が入った。冒険者として、きっちり仕事を果たしたいものだ。

【2日目】

ロビンの見つけてくれた依頼は、亡くなった魔術師の屋敷を探索するというものだった。危険な罠や守護者が配置された、偏屈な魔術師の元住居。なかなか冒険心をくすぐる依頼だ。

早速、ロビンと二人で現場に向かった。

一生懸命仕事をしたのだが、ロビンに怒られてしまった。どうも、通常なら数日かかる依頼を半日もかからずに解決してしまったらしい。魔力探知と魔術を駆使して屋敷の防衛機構を停止させ、守護者を瞬殺しただけだというのに。

私のような者が初心者みたいな態度をとっていると、本当の初心者に迷惑がかかるそうだ。ロビンが申し訳なさそうに言っていた。

実力相応の振る舞いをしてくれと言われたが、どうも私はそういうのが苦手だ。フィンディのように自然体で周囲に恐れられるようになるにはどうすれば良いのだろうか。

ロビンと別れて、そんなことを考えながらラエリン城内を散歩していると、ノーラ姫とアキュレー王子に会った。儀式の準備で忙しい二人の邪魔をしてはいけないと、挨拶もそこそこに去ろうとしたのだが、意外なことに話しかけられた。

「儀式のために城内の倉庫内のリストを見ていたら、面白いものを見つけましたの。バーツ様にも是非ご覧になって頂きたいのです」

若干、興奮気味だった。姫が言うには、その面白いものは明日には倉庫から城内に移されるそうだ。詳しくは秘密で、きっと驚くとのことだった。

王族としてどうかと思うほどの早口でまくしたてた後、ノーラ姫はアキュレー王子と共に仲良く次の予定に向かっていってしまった。

明日は二人が見つけた面白いものを楽しみにするとしよう。


【3日目】

さて、昨日のノーラ姫が見つけた『面白いもの』だが、今日になって早々に正体がわかった。

城内をピルンと二人で歩いていた時のことだ、妙に騒がしく、人が多い場所があることに気づいた。

「なんだ？　妙に騒がしいが。何かあったのか」

「見てみましょう。たしか、あちらは図書館があったはずです」

ラエリンの図書館は蔵書量よりも、本を読む快適さを重視している場所だった。

中央にホールがあり、周囲を本棚が覆う。ホールには机が余裕を持って配置されており、そこで読書に耽《ふけ》ることができるようになっていた。話によると、研究用の個室もあるらしい。

その図書館のホールに、２メートルくらいある大きな絵が飾られていた。

そこにあったのは過去に描かれたフィンディの絵だった。状態保存の魔術がかけられているが、それでも見た目の古さを感じる。いったい、描かれてからどれくらいの時間が経過しているのか見当もつかない品物だ。

絵画の中のフィンディは、城の一室と思われる部屋で、穏やかな微笑を浮かべてお茶を飲んでいた。名のある絵師が描いたのだろう、暖かな陽光に照らされたフィンディの微笑は、神秘的な美しさを放っていた。

なんというか、実物よりも神世エルフらしい姿というか、そんな感じだった。

私とピルンは、呆然と絵を見上げていた。

「なるほど。これが姫が見つけたという面白いものか」

「フィンディ様はこの国を救ってくれた恩人ですから、こうして飾ることはおかしなことではありません」

「しかし、いつ描かれたものだろうな。フィンディのこんな顔を描くなど、並大抵の苦労ではあるまい」

「そうですね。かなりわたし達のイメージと離れている気がします」

そんなことを話していると、突然話しかけてくる者がいた。

「あの、そのお話、詳しく聞かせて貰えませんか？」

話しかけてきたのは、中年の男性だった。着ている服の質はいいが、豪華ではない。貴族にも役人にも下働きにも見えない、城では珍しいタイプの人物だ。

「話というのは、どのような？　ところで、お会いしたことはありましたか」

「こ、これは失礼しました。私はツァイと申します、宮廷画家です」

私が問いかけると、男は慌てて挨拶を始めた。画家と言われてよく見れば、彼の服の袖に絵の具がついていた。

「そのツァイ殿がどのようなご用件でしょうか？」

「はい。この絵を見ていると、この国をお救いくださった神世エルフ様の絵画を描きたくてしかたなくなってしまいまして。お二人とも、神世エルフ様のことをよくご存じの様子でしたから、思わず」

「まあ、一緒に旅をしているから、良く知っているが」

「!?　こ、これは失礼致しました！　噂のバーツ様とピルン様でしたか。申し訳ありません、この話、聞かなかったことに」

「待ちなさい」

私達の正体に気づいたツァイが去ろうとするのを、あえて呼び止めた。

「私で良ければ、力になろう」

面白そうだし暇なので、私は彼に協力することにした。

ちなみに、ピルンはいつの間にかいなくなっていた。


【4日目】

今日は1日、ツァイの仕事に付き合った。内容的には、彼のフィンディについての質問に対して答えるというものだ。

本人を連れてくれば早いのだが、フィンディは工房に籠もりきりだ。大昔に描かれた絵と私達の話を統合して、今のフィンディをイメージして描くらしい。

私は図書館でお茶を飲みながら、昨日の絵を鑑賞しつつ、ツァイの描く絵の構想を手伝った。

「まず、この絵ですが、フィンディ様を正しく描写できているのでしょうか?」

「良くできていると思う。外見は」

「ふむ、それは昨日も話していた、バーツ様達のイメージと離れているということでしょうか?」

「そうだな。確かに見た目はこうだが、実際のフィンディは少し気が短いし、戦うと生き生きしている。どちらかというとその印象が強い」

「この絵の穏やかさとは対照的なお話ですな……」

「うむ。もっとこう、内面から燃え上がる闘争心のようなものがあっても良いと思う」

「なるほど。闘争心」

「私は詳しく知らないが、大森林の国でもたまに戦闘に参加して大暴れしていたそうだ。あの国の精鋭が怯えていた」

「ほう。カラルドの精鋭が怯える程の大暴れ」

「隙があれば戦おうとする癖もあるな。なんでも力で解決しようとしている節がある。蛮族みたいに」

「蛮族」

「それでいて、エルフらしく自然を愛《め》でたり、慈悲深く親切な面もあるのだ」

「わけがわかりませんな」

このような感じでフィンディについて語りながら、ツァイから芸術に関する話を聞いたりして1日を過ごした。


【5日目】

今日も図書館に行くと、疲労しきって目の下にクマを作ったツァイが私を出迎えてくれた。手には巨大な紙を巻いたものを持っていた。

「バーツ様のお話を聞いた後、私の描くべき絵が思い浮かびまして。ずっと描いていたのです」

どうやら、昨日の活動の結果が早速出たようだ。ツァイはかつてない速度で下書きを描き上げたという。

「まだ下書きですが、バーツ様に是非ご覧になって頂きたく思いまして」

そう言って、持っていた紙を広げた。

そこにあったのは、怒れるフィンディがイケメン魔族に電撃している絵だった。

物凄い迫力だ。

下書きだけでその場の緊張感と、フィンディの怒りが伝わってくる。謁見の間のあの場面をモチーフにしたらしく、そこには怯えるラエリンの重鎮達まで描かれている。私とピルンもいるが、絵の中では非常に冷静な感じになっていた。きっと、あの時も似たような表情をしていたと思う。

その出来栄えに感動した私は、素直にツァイを賞賛した。

「素晴らしい。芸術センスが今ひとつな私にも、この絵からすごい迫力が伝わってくるのがわかるぞ」

「おお、そうですか。バーツ様がそう仰ってくださるとは、自信が出てきました。更に気合が入ってきましたぞ」

「頑張って欲しい。そうだ、良ければ魔術で疲労を回復してやるが」

「なんと、そのようなことが。是非お願い致します。今のこの気持ちのまま描きたいのです」

私の魔術で元気になったツァイは、そのまま自分の作業場に戻っていった。

その後、一人になって暇だったので、王城内を適当にぶらついた。


【6日目】

ツァイの作業場に行くと、彼は昨日よりも更に迫力が増した下書きを描き続けていた。どうやらずっと描いていたらしく、目の下にクマどころか息も絶え絶えだったので、とりあえず魔術で癒やしてから話をした。

「すごいじゃないか。昨日よりも更に磨きがかかっているように見える」

「はい。間違いなく私の最高傑作になるでしょう」

ツァイは話しながらもすごい勢いで手を動かしていたので、邪魔になると思い退出することにした。

「邪魔になるといけないから、退出するとしよう」

「気を遣わせてしまって申し訳ありません。しかし、回復魔術はとてもありがたいです」

作品を楽しみにしているよ、と言って退室しようとした時だった。

「おお、本当にバーツがここに居おった。ピルンに聞いて驚いたぞ、お主が宮廷画家と仲良くなるなどとはな」

フィンディが、部屋に入ってきた。

この時になって、ようやく私は自分の思慮の足りなさに気づいた。

「まさか、まさか、フィンディ様で御座いますか！　このような所に足を運んでくださるとは」

「バーツに用があって来ただけじゃ。お主が宮廷画家か……む、なんじゃこの絵は」

フィンディはすぐに自分の絵に気づいた。当然だ、巨大な絵だし、作業中だから部屋の中心にあるので嫌でも目立つ。

「なんか、ワシが恐ろしげな魔王のように描かれておるように見えるのじゃが。どういうことじゃ？」

「……いや、なんというか。色々話していたらこうなった」

「なんじゃと」

この時、私は覚悟を決めた。双子の国でこき使われることになったゴードのように、電撃の魔術で「ぬほおおおお！」することになるだろうと。

「なんと……なんと美しい……」

ツァイが感動の涙を流していた。フィンディを見て。

「む。なんでこやつは泣いておるんじゃ？　今から泣かせてやろうと思ってはおったが」

「わからん。どうしたツァイ、何があった」

驚く私達に、感涙にむせぶツァイは語った。

「やはり、やはり間違っておりました。このように美しい方を昔の絵と伝聞だけで描こうなどと……！　フィンディ様、どうか、どうか私の絵のモデルになってください！」

ツァイは土下座した。

「む、しかしワシは忙しいのじゃ。バーツに用もあるしのう」

「今ここでスケッチを取らせてくだされば。そう、1時間。いえ、30分ください」

床に頭を打ち付けながらツァイは必死に懇願した。これは断れない。

「仕方ない、少しだけじゃぞ」

フィンディが了承したことで、ツァイの絵は作り直しになったのだった。

危なかった。ツァイのおかげで私に被害が及ばずに済んだ。

そう思っていたら、部屋を退出する時に、「あの絵について、あとで説教じゃぞ」と念押しされた。逃げたい。


【7日目】

今日は婚約の儀の日だ。昨夜、フィンディから2時間ほど説教を受けたが、大事には至らなかった。フィンディの説教をやり過ごすコツは、とにかく大人しくしていることだ。これは昔から変わらない。

婚約の儀は滞りなく行われた。非常に良い儀式だった。これは長く記憶に残るだろう。王達に

「フィンディ様が何かしそうだったらお願いします」と言われて前の方に参列していたのだが、おかげで特等席だった。

明日から再び旅の空。今日の儀式を見届けて双子の国を発つのは幸いと言えるだろう。

宮廷画家ツァイの絵を見れないのは残念だが、それは、再びこの国を訪れた時の楽しみにしようと思う。彼にはゆっくりと絵を描き上げて欲しいものだ。

さて、一週間ほど日記をつけてみたが、一度ここで終わりにしようと思う。正直、面倒になってきたというのがその理由だ。小まめに書き物をしているピルンは本当にすごい。

また、どこかでのんびりする時間ができたら、日記を再開しても良いかもしれない。

閑話「ピルンの情報とバーツの武器」

「ほう。変わった香りだが、悪くないな」

「はい。グランク国王が若い頃から研究を重ねて完成した飲み物、コーヒーです。苦いので、お好みで砂糖とミルクをどうぞ」

双子の国の国境付近の街。とある店で、私達はテーブルを囲んでいた。

今回ピルンが案内したのは、グランク王国発祥の喫茶店という店だ。

落ち着いた雰囲気の調度で整えられた店内は静かな空間を形作っており、実に寛《くつろ》いだ気分にさせてくれる。

席に座りピルンが店員に何かを注文すると、すぐにカップに入った飲み物がやってきた。

陶器製のカップに入った黒い液体からは、なんとも言えない香ばしい香りが漂ってくる。

これはなかなか期待できそうだ。

「他にも何か頼んでいたようじゃが。何が来るんじゃ？」

「甘いお菓子です。こちらもグランク国王が考案したものです。お口に合うかどうか」

「ワシは甘いものは好物じゃ」

「私も嫌いではない。いや、食べ物の好き嫌いをあまり意識したことがないな」

「評判が良く、一気に国外まで広がったお菓子です。甘いものが嫌いでなければ、気に入って頂けるかと」

「なるほど。楽しみだ」

とりあえず、コーヒーを一口飲んでみた。

口の中に、経験したことの無い苦みが広がった。なるほど、砂糖とミルクを勧めるわけだ。この苦味、子供なら耐えられないかもしれない。お茶とは違った方向性の苦みだ。

しかし、悪くない。なんとなく、目が覚めるような気もする。

「苦い……。いや、だが、悪くない。私は好きだな」

「ワシはちょっと苦手じゃ。お茶の方があってるかもしれん」

渋い顔をしながら、砂糖とミルクを追加するフィンディ。味と色の変わったコーヒーを一口飲むと、今度は満足気に頷いた。

「うむ。こうすると程よいのう」

「好き嫌いは分かれますが、眠気覚ましに学者などが良く飲んでいます。わたしも好きですよ」

言いながらカップを置いたピルンが、真剣な顔になった。

「お菓子が来る前に報告があります。グランク王国から情報が入りました」

「あの状況で仕事をしていたとは有能じゃな、ピルンは。借りばかり作る誰かさんに見習って欲しいもんじゃ」

「すまない……。本当に、必ずなんらかの形で礼はする」

「冗談じゃ。お主の性格はわかっておるし、大した手間でもなかったしのう」

真剣に謝罪すると、フィンディは笑いながら返してくれた。その優しさが、逆に申し訳ない。

「それで、ピルン。グランク王国で何かあったのか」

「はい。王国の魔族達も魔王の復活に気づいていたようです」

そうか、グランク王国の魔族達も気づいていたか。国民に魔族の多い国だ、混乱していなければいいが。

「それで、何か対応をしているのか？　それとも既に何か起きてしまったか？」

「王妃の一人が魔族なのが幸いでした。王にすぐ報告が行き、単なる噂に動揺しないように布告を出しつつ、情報を集めているようです。今のところ、大きな出来事は起きていないとのこと」

とりあえずは一安心、ということで良いだろうか。グランク王国に到着したら人間と魔族の間に諍いが起きていた、なんてことが無いように願うばかりだ。

「ピルン、双子の国の一件で、魔王の復活と魔王の証がワシらの手元にあることは知られてしまうじゃろう。どうせならグランク王国に報告しておくのじゃ」

「それは、良いのですか？」

「そういえば、魔王の件はともかく、証については何も対処しなかったな。あの場の人間の記憶を操作したりするのかと思ったのだが」

魔王の証のことをあの場の人間達に知られるのは、私達にとって危険が多い。どこから情報が漏れるかわからない世の中だ。

「うむ。いっそのこと、魔王が証を狙ってきてくれるようにした方が手っ取り早いと思ったのじゃ」

「…………」

フィンディは私の想像以上のことを考えていたようだ。

「……それは、とても危険ではないのですか？」

「魔王が魔族全てを従えているならともかく、配下を少し連れたくらいならば、ワシとバーツで対応できるじゃろう」

「そうなのですか？　いえ、お二人の実力を疑うわけではありませんが、魔王は勇者しか倒せないのでは？」

「魔王も勇者も実力が上の者には倒される、そうじゃな、バーツ」

「私は魔王とも勇者とも戦ったことがないからなんとも言えないが、フィンディが言うならそうなのだろう」

一応、私も魔王と勇者の戦いなら見たことがある。その時に、どちらも単体なら対応できる範囲だと感じたのは確かだ。

私が恐れるのは、フィンディと人間という種族くらいのものだ。

「では、魔王の証については、王国に報告を入れておきます。きっと、更に良い情報が入ってくるでしょう」

ピルンがそう話を締めくくったところで、メインのお菓子が来た。

皿に乗って運ばれてきたのは、三種類のお菓子だった。

それぞれ、乗っている物が違う。三角だったり、丸形だったりする。どんな味なのか、想像もつかない。

「ほう、これは興味深い。初めて見るな」

「ワシもじゃ。なんという名前じゃ？」

「バーツ様がレアチーズケーキ、フィンディ様が苺《いちご》のショートケーキ、私のがフルーツタルトです。どれも、グランク王が若い頃に考案したお菓子です。美味しいですよ」

グランク国王というのは、食事に大層こだわりのある人物のようだ。飲み物に食べ物、お菓子にまで手を出すとは。食へのこだわりは、ある意味王族らしいと言うべきだろうか。

そんなことを考えながら、フォークを使って少し切り取ったレアチーズケーキを口に運んだ。

「どれ、うむ……これは」

口の中に広がったのは名前の通りチーズの味わいと濃厚な甘み。そして、微《かす》かに香る柑橘《かんきつ》系の香り。

これが、菓子か。正直、私には甘すぎる。

だが、コーヒーと共に楽しむならば、話は別だ。

「甘いが、美味いな。そして、コーヒーに良く合う。なあ、フィンディ？」

見れば、フィンディが上品な所作で次々とケーキを口に運んでいた。白いクリームと苺の乗ったケーキが一瞬で平らげられる。

仕上げにコーヒーを飲んだ後、フィンディは満足気に頷きながら言った。

「美味しいのう。他の神世エルフにも味わって欲しいくらいじゃ」

彼女が仲間に味わわせてやりたいというのは最上級の褒め言葉だ。

かなり気に入ったらしい。

「フィンディ、良ければ私のも少し食べるか？」

まだ一口しか食べていないレアチーズケーキの皿を見せる。マナー的に宜しくないが、これだけ満足しているフィンディを見るのは久しぶりだ。多少は良いだろう。

「おう。すまんのう。では、失礼……。これも良い味じゃ」

「フィンディ様、良ければ小さめのケーキをいくつか注文しましょうか？　知らない店ではありませんので、その程度ならお願いできます」

流石ピルンだ。気が利いている。

その申し出に、フィンディはわかりやすく表情を明るくした。

「良いのか？　是非ともお願いしたいのじゃが。それと、できれば茶も頼む」

「わかりました。では、ちょっと頼んできましょう」

言いながらピルンが席を立つ。

その後、私達はしばらくの間、フィンディがお茶と共にケーキを楽しむのを眺めていたのだった。

◆　　◆

「そうだ。フィンディに相談があるのだが」

小型ケーキ祭りを楽しんだ後、私はフィンディに頼みごとがあるのを思い出した。

「ほう。なんじゃ、今のワシはかなり機嫌が良いからのう。貸しだらけのバーツの願いも聞いてやりたい気分じゃ」

さり気なく皮肉を言われてしまった。本当に彼女には世話になりっぱなしで申し訳ない。

しかし、この頼みは彼女しか聞いてくれそうにないのだ。

「実は、私も武器が欲しいんだ。何か無いだろうか？」

「ほう、お主が武器とは、どういう心境の変化じゃ？」

驚いた様子で問いかけるフィンディ。それもそうだ、これまで私はずっと武器を持たずに来た。

当然の疑問だろう。

ここは一つ、正直に話してみよう。

「実は、ピルンが貰った装備を上手に使いこなすのを見て、私もやってみたくなったんだ」

「え？　わたしですか？」

急に話の矛先が向いてきて、驚いた様子のピルンに向かって私は頷く。

「これまで徒手で十分だと思っていたが、何かと便利そうだと思ってな」

武器を持って戦うピルンの姿がちょっと格好良かったというのもある。杖を振るうフィンディも偉大な魔術師という感じがして良い。そろそろ私にもそういった要素があっても良いと思うのだ。

「……動機はともかく、悪くない判断じゃな。以前から、お主は武器の一つも持つべきだと思っておった」

「おお、それでは。何か私向きの装備があるのか？」

「うむ。こういう時のために、いくつか考えてある」

杖だろうか、剣だろうか。あるいは誰も見たことのない、神世エルフの武具だろうか。

いずれにしろ、使いこなしてみせる。

「フィンディには借りを作ってばかりで申し訳ないが、是非お願いしたい」

「任せるが良い。ここを出たら適当な広い場所に移動じゃ」

◆　◆

喫茶店を出た後、私達は飛行魔術で移動しつつ、街道から少し外れた平原に着地した。

武器を試すのに良さそうな岩が転がっているのがポイントの場所だ。周囲に人の気配もない。

「うむ。この辺りで良いじゃろう。武器というのは、威力を試さねばならぬからな」

「軽く振っただけで山が崩れるような武器は嫌だぞ。使いにくい」

「ワシがそんな物騒な物を渡すと思うか？　失礼な奴じゃ」

思います。口には出さないけれど。

「それで、どのような武器をバーツ様に選んだのですか？」

「色々考えたんじゃが、やはり、これが一番じゃろうな」

言いながらフィンディが例のポケットから何かを取り出す。

「これじゃ！」

棒きれ。

そう、山道を歩いている時などに、その辺に落ちていて杖代わりになったりする、ただの木の棒。

フィンディが取り出したのは、まさにそんな感じの物体だった。

嫌がらせだろうか。

最近、かなり頼りにしすぎだったから、地味に根に持っていたのかもしれない。改めて謝罪すべきだろうか。

色々な疑念が私の頭の中を渦巻く。

「………」

「なんじゃ、二人とも反応が薄いのう?」

「いや、なんというか。ただの棒にしか見えないのだが」

「申し訳ありません。わたしもです」

「まったく、物の価値のわからん奴らめ。いや……確かに見た目はただの棒きれじゃなコレ」

自分で自信満々に出しておいてあんまりな言い様だ。

「おい、大丈夫なのか。ただの棒ってことはないだろうな」

「安心せい。久しぶりに見たからちょっと戸惑っただけじゃ。見た目は今ひとつかもしれんが、間違いなくパーツにぴったりの一品じゃぞ」

「フィンディ様のことを疑うわけではないのですが、その魔術具の正体を知らないことにはなんとも言えません」

「では、教えてしんぜよう」

フィンディは棒きれを掲げ、高らかに宣言する。

「これは魔術具ではない。神樹の枝じゃ。ここではない、神々の世界にある巨木の一部。世界の至宝の一つと言っても良い品物じゃ」

フィンディの言葉と共に、棒きれ（神樹の枝）が白銀の輝きを放った。強力かつ、不思議な魔力を感じる。

「見たことの無い、不思議な魔力だな」

「流石はバーツ。わかったようじゃの。これは神々の魔力じゃ。この枝に魔力を通すことで、神々と同じ魔力を扱うことができる。試しにやってみるがいい」

フィンディが気軽な動作で、私に神樹の枝を手渡してきた。

感触も重さも、ただの木の棒だ。長さは私の身長なら、杖としてちょうど良い感じ。

神々の世界の巨木の一部とか、物凄く大それた代物だが、私なんかが使って大丈夫だろうか。

「では、軽く魔力を流してみるぞ」

ちょっと怖いので、少なめに魔力を流し込んでみた。

「……すごいなこれは。ただの木の棒に見えるのが不思議なくらいだ」

神樹の枝は即座に反応し、白銀の輝きをまとった。なんの抵抗もなく、私の魔力を変換したのだ。

まるで体の一部のように自然な反応だった。

なんとなくだが、私はこの魔力を操作できる気がした。

意識を集中して、先端に魔力を集中させようと試みる。

「白銀の光が一箇所に集まっていますよ」

「流石はバーツじゃ。もうコツを摑んだか。どれ、その光でその辺の岩を吹き飛ばしてみろ」

「わかった。……いけ」

声と同時に、白銀の光弾が発射され、岩石が音もなく消え失せた。

爆発とか、砕けたとかではなく、消滅だ。

怖い。

「予想外の結果を見せられて、恐怖すら覚えるのだが」

「神々の魔力は、この世で最も純粋な力じゃ。使い手の意志次第でいかようにも変わる可能性を秘めておる」

「ちょっと攻撃するつもりで、これか」

「すごいですね……」

「安心せい。ワシやバーツでも神々の魔力は使いこなせん。神々のように自由自在に創造や破壊ができるわけではない。強力な攻撃ができるのと、護符のような魔術具を作るのがせいぜいじゃろうな」

私とピルンが怯えた様子を見せると、フィンディが笑顔で言った。安心させるための笑顔なんだろうが、それでもちょっと怖い。

しかし、創造の力というのは興味深い点だ。

「そうか。物を作ることができるのか」

「先日、双子の国でワシが指輪を作ってみせたじゃろう。あれは神々の魔力で作ったんじゃよ。実を言うと、ワシでもあのくらいの工作が限界でのう」

「神々の魔力。文字通り、神でなければ使いこなせない力か。面白い」

攻撃だけでなく、色々と使い道がありそうなのが気に入った。使い方次第でかなり役に立ってくれるだろう。ちょっとした物が作れるというのも悪くない。

「しかし、本当に使っていいのか？　これは本当に貴重な物だろう？」

「ワシら神世エルフは、生まれた時から神々の魔力を扱う力が与えられておる。神樹の枝は幼少期の練習用じゃよ。貴重ではあるが、惜しいものではない」

なるほど、練習用か。そういう意味でも、これまで武器らしいものを扱ったことの無い私にはぴったりかもしれない。

よし、この神樹の枝を、使いこなせるようになってみせよう。

「有り難く使わせて貰うよ、フィンディ。礼は必ずする」

「お主は久しぶりに会ってから、そればかりじゃのう。ま、期待せずに待つとするのじゃ」

「…………」

ふと気づけば、和やかに話す私とフィンディを、ピルンが神妙な顔で見ていた。何かあったのだろうか。

「どうかしたのか、ピルン」

「いえ、神樹の枝がバーツ様に相応《ふさわ》しい装備なのは理解したのですが。こう、なんというか、見た目の放浪者感が増したな、と」

言われて、自分の姿を顧みる。

私の服装は５００年前の使い古した灰色のローブだ。状態は悪くないが、見た目的に良好とは言い難い。

それに加えて、素晴らしい至宝であるものの、棒きれにしか見えない神樹の枝。

どちらも装備品として悪くはないが、正直、外見的に若干の問題が発生しそうなチョイスなのは否めない。

「そうだな、次の国では、時間があったら服でも見てみるとしよう」

私の言葉に、二人は苦笑しながら頷いていた。

あとがき

はじめまして、みなかみしょうと申します。

『魔王ですが起床したら城が消えていました。』を手に取って頂き、ありがとうございます。

本書は投稿サイト「小説家になろう」にて投稿していたものに修正・改稿をした上で書き下ろしを加えた物になります。

書籍になって初めて読んだ方、ＷＥＢ版を読んだ上で購入してくださった方、それぞれ楽しんで頂けたでしょうか？　出来れば読んで方が「面白かったな」と思って頂ける一冊になっていればと思います。

昨年６月に投稿を始めた頃を思い出すと、こうして書籍になっているのが夢のような出来事です。それというのも、本作は昨年９月にランキング入りするまでは、読者の皆様に殆ど目に触れることの無い作品だったからです。

参考までに「小説家になろう」のアクセス解析によるＰＶで説明しますと、昨年８月の当作品のアクセス数は1735、9月のアクセス数は855864となっています。約500倍です。9月に双子の国編の終盤に入り、ランキング入りすると爆発的にアクセスが増えたのです。これは本当に驚きました、当時のことは良く覚えています。

とりあえず怖かったです。

喜びより先に恐怖が来た私は「どこかで炎上してるのでは」とネット上の心当たりのある場所を必死に検索しました。

そして、どれだけ探しても火元に辿り着けず、「ネットの海は広大だから自分も知らない場所で燃えている可能性が高い……」と未知の恐怖に戦々恐々としていました。実際はそんなことは無かったのですが。

それからしばらくして、精神的にもアクセス数的にも落ち着いた頃に、「どうやらこのランキング入りは前向きな意味にとっていいらしい」と考えられるようになり、ランキングに自作の名前が入っているのを不思議な気持ちで眺めておりました。

アース・スターノベル様から書籍化のお話を頂いたのはそんな頃でした。

こちらも喜びより先に未知の恐怖を感じたりもしたのですが、幸いにもその後順調に話が進み、このような形で無事に出版の運びとなりました。

書籍になってのWEB版との一番の違いはイラストがあることですね。

白味噌先生のキャラクターデザイン案が届いた時、フィンディのデザインを見て「こんな可愛い子にあんな物騒な台詞ばかり吐かせてしまっていいのだろうか……」と少し考えたりしました。まあ、彼女のキャラ性は今更変えられないので現状維持なのですが。

こうして自分の考えたキャラクターにイラストが付くというのは今でもちょっと不思議に感じます。

そんな経緯で出版された当作品ですが、物語はこの一冊で終わらずに続いていきます。

神樹の枝（棒きれ）を手に入れたバーツがフィンディと共にグランク王国目指して暴れながら国から国へと旅して行きます。行く先々で暴れます、主にエルフの方が。

本として次が出るかは未定ですが、白味噌先生の素晴らしいイラスト付きで続きをお届け出来ればと個人的には思っております。

最後に、この本を出版するにあたり、完全に素人である私をサポートしてくれた編集さん、素晴らしいイラストを描いてくださった白味噌先生、そして何より、本作を読んでくださった読者の皆様にお礼の言葉を申し上げて、後書きを締めさせて頂きたく思います。

本当にありがとうございました。出来れば、２巻でまたお会い出来ますように。

平成二十九年　二月　みなかみしょう

フィンディのボツ
あまり
ファンタジーっぽくない・・・

書籍化おめでとう
ございます!!
シュミに走った。

EARTH STAR NOVEL

魔王ですが起床したら城が消えていました。

発行 ―――― 2017年3月15日　初版第1刷発行

著者 ―――― みなかみしょう

イラストレーター ―――― 白味噌

装丁デザイン ―――― 関善之＋村田慧太朗（volare）

発行者 ―――― 幕内和博

編集 ―――― 筒井さやか

発行所 ―――― 株式会社 アース・スター エンターテイメント
〒107-0052　東京都港区赤坂 2-14-5
Daiwa 赤坂ビル 5F
TEL：03-5561-7630
FAX：03-5561-7632
http://www.es-novel.jp/

発売所 ―――― 株式会社 泰文堂
〒108-0075　東京都港区港南 2-16-8
ストーリア品川 17F
TEL：03-6712-0333

印刷・製本 ―――― 中央精版印刷株式会社

ISBN 978-4-8030-1023-7

魔王ですが
起床したら城が消えていました。
みなかみしょう
ILL.白味噌
初回版限定
封入
購入者特典
特別書き下ろし。
冒険者バーツ
※『魔王ですが起床したら城が消えていました。』をお読みになったあとにご覧ください。
EARTH STAR NOVEL

今更思い出したのだが、そういえば私は冒険者だった。

基本的に初対面の相手には「冒険者だ」と名乗っているが、これまで解決したのは国家からの依頼が2つ。立場としては新人冒険者なのだから、ギルドから初歩的な依頼を受けて経験を積んだりしていないのは不味くないだろうか。

双子の国で空いた時間を過ごす中、たまたまベテラン冒険者のロビン（ハゲ）に会ったので、その辺りを相談してみた。

「いやアンタ、フィンディとピルンと一緒に行動してる時点で新人扱いされるわけねぇだろ。どう見ても只者じゃないし。国家の依頼を2つ、短い期間で片付けてるだろ？　実績も十分だと思うぜ」

「そういうものか。ギルドを一度も通していないのは不味いかと思ったのだが」

「もうそういうレベルでもないと思うんだが……。そうだな、気になるなら、俺と一緒に依頼を受けてみるか？　ちょうどいいのを見つけてやる」

願ってもない。渡りに船というやつだ。

「宜しく頼む。良い経験になるだろう」

「じゃあ、依頼を探しておくわ。明日の朝、ギルドに集合な」

「楽しみにしている」

◆　◆

翌日、私とロビンは町外れの古い屋敷の前にいた。

「ここだ。魔術師の自宅兼研究所。本人が死んじまったんだが、屋敷の中の罠なんかはまだ稼働中でな」

「なるほど。内部の調査と脅威の排除が仕事か」

依頼内容の書かれた紙を確認する。安全を確認次第、更地にして親族が売り払う予定らしい。

「なかなか難儀な物件でな、用心深い元家主が罠を設置しまくったらしい。隠し部屋も多いし、入り口のドアすら開かないそうだ」

「ふむ。ちょっと見せてくれ」

そっとドアに手を付ける。罠はない。ドアから屋敷全体の魔術の流れを確認。屋敷全体に防衛用の魔術陣が刻まれているようだ。私ならば、少し建物が傷むくらいで機能停止できるだろう。

「この屋敷、更地にすると書いてあったな。少し壊しても大丈夫だろうか？」

「？　中で戦ってもいいくらいだから、別にかまわねぇが。何をする気だ？」

「屋敷の防衛魔術を強制解除する。……むん！」

一瞬、屋敷全体から光が放たれた。屋敷全体の防衛魔術、張り巡らされた魔術陣をドア経由で強引に吹き飛ばしたのだ。

「な、なんだ！　何が起きやがった！」

「屋敷の防衛魔術を破壊した。魔術陣がドアまで刻まれていたのでやりやすかったな。さあ、これで安全だぞ」

「そ、そうか……。ほんとだ、ドアが開きやがる」

そんな風に魔術師の屋敷改め、ただの屋敷の調査が始まった。

「お、倉庫だ。魔術具がありそうだけど、罠付きかもしれないから慎重にいかねぇと」

「私が分類しよう。これとこれと……。これは罠として置かれた魔術具だな、破壊しておく」

うかつに触ると酷いことになる魔術具は私が破壊した。

「なんか生活空間ばかりだな。これは隠し部屋に研究施設があるパターンだな。よし、ここは俺が……」

「そういえば、地下に魔力の反応があったな。入り口はこちらだ」

私達は地下の研究施設に入った。

「ちっ、ご丁寧に防衛魔術とは別口にゴーレムを置いてやがる。よし、バーツ。俺が前に出るから魔術で……」

「これは、もう少し近づいたら動くタイプのようだな。ここから私の魔術で破壊しよう」

反応圏外から防衛用のゴーレムを破壊して、私達は研究所に入った。

「色々と資料が置いてあるな。こいつを調べるのは骨が折れそうだぜ」

「恐らくだが。双子の国の防衛魔術を研究していたのだろう。屋敷の魔術陣もその一環だ。わかる範囲で分類しておこう」

「…………」

屋敷で見つけた価値のあるものや研究資料をまとめて、私とロビンは外に出た。

結果として、2時間位で私達の冒険は終わってしまった。初心者向けの依頼ならば、こんなものだろうか。

「うむ。良い冒険をしたな」

私が一仕事終えた気持ちで爽やかに言ったら、ロビンが何故か申し訳無さそうな顔をしていた。

「バーツ、お前は普通の依頼を受けない方がいいかもしれねぇ。その実力が標準だと思われると世間の迷惑になる……」

「なんか、すまん」

どうやら、ロビンのベテラン冒険者としての誇りを少し傷つけてしまったらしい。

申し訳ないことをした。